www.ingramcontent.com/pod-product-compliance
Lightning Source LLC
LaVergne TN
LVHW050946051026
849532LV00005B/1722
* 9 7 8 9 3 6 9 0 8 2 7 7 3 *

دل کی بستی

(افسانے)

پشکر ناتھ

Dil ki Basti *(Short Stories)*
by: Pushkar Nath
Edition: April '2025
Publisher :
Taemeer Publications LLC (Michigan, USA / Hyderabad, India)

ISBN 978-93-6908-277-3

کتاب	:	**دل کی بستی** (افسانے)
مصنف	:	**پشکر ناتھ**
صنف	:	فکشن
ناشر	:	تعمیر پبلی کیشنز (حیدرآباد، انڈیا)
سالِ اشاعت	:	۲۰۲۵ء
صفحات	:	۸۲
سرورق ڈیزائن	:	تعمیر ویب ڈیزائن

فہرست

غبارے کی واپسی

کھیل ہی کھیل میں غبارہ اُس چھوٹے سے لڑکے کے ہاتھ سے چھوٹ گیا، اور آسمان کی جانب لپکا۔ پھر دیکھتے ہی دیکھتے بہت دُور اُوپر چلا گیا۔ پھر اُس سے بھی پرے وسیع تر خلاء کی جانب جانے لگا۔ دیکھنے والوں کی نگاہیں خالی لوٹ آئیں، کہ نگاہ کی بھی ایک حد مقرر ہے۔ اُس حد سے پرے نگاہ بھی بے بس ہو جاتی ہے۔

پھر لوگوں نے لڑکے کی طرف دیکھا۔ چھوٹا سا، مُنحنی سا، سانولے سے رنگ کا شرمیلا سا، ڈرپوک سا لڑکا۔ پہلے تو وہ تالیاں بجاتا رہا۔ غُبارے کو اوپر ہی اوپر لپکتا دیکھتا رہا۔ مگر جب غبارہ اس کی نظروں سے اوجھل ہو گیا، تو وہ یکایک رونے لگا۔ بلکہ دہاڑیں مار مار کر رونے لگا۔ دیکھنے والے تب تک لڑکے کی طرف دیکھتے رہے، جب تک وہ تالیاں بجا رہا تھا۔ پر اِدھر اُس نے رونا شروع کیا، اُدھر لوگ دھیرے دھیرے جانے لگے۔ چنانچہ جب لڑکا اونچی آواز میں رونے لگا تو اُس کے آس پاس کوئی بھی دیکھنے یا سُننے والا نہ تھا۔ حتیٰ کہ روتے روتے جب وہ تھک گیا

تو وہیں ایک پتھر پر نڈھال سا ہو کر بیٹھ گیا۔ میں بھی پاس ہی ایک پتھر پر بیٹھا تھا میں بھی نڈھال سا، پژمردہ سا بے حال سا، تھکا ماندہ سا بیٹھا تھا۔ کیونکہ بہت پہلے میرے ہاتھ سے بھی اسی طرح ایک غبارہ چھوٹ کر آسمان کی جانب لپکا تھا۔ پھر اوپر ہی اوپر وسیع تر خلا کی جانب چلا گیا تھا۔ اور نگاہ کی حد سے بھی پرے کہیں جا کر اوجھل ہو گیا تھا۔ اُس لمحے میں بھی خوب دہاڑیں مار مار کر رویا تھا۔ اور رو رو کر اور تھک ہار کر، اور اپنی متاع لُٹا کر، اور اپنی بے چارگی کا احساس پا کر، اور اپنی بے بسی کا ڈراؤنا چہرہ دیکھ کر ایک پتھر پر بیٹھ گیا تھا۔ حتیٰ کہ زماں و مکاں کی زنجیر سے بندھا ہوا وقت میرے آگے سے گزرتا گیا۔ گزرتا گیا اور میں بیٹھا رہا۔ حتیٰ کہ رات اور دن کی گرفت میں جکڑی ہوئی دُنیا میرے سامنے سے رواں دواں آگے، اور آگے نکل گئی۔ اور میں بیٹھا رہا۔ حتیٰ کہ سمندروں کا پانی خشک ہو گیا۔ صحراؤں کی دُھول چاروں طرف اُڑنے لگی۔ آندھیوں کے جھکڑ چلنے لگے۔ اور میں بیٹھا رہا۔ حتیٰ کہ درختوں کے پتے جھڑ گئے اور پرندے ہجرت کر گئے۔ اور میں بیٹھا رہا۔ اب تو یاد بھی نہیں کتنے لمحے گزر گئے، کتنے سال گزر گئے کتنی صدیاں گزر گئیں۔ میرا کھویا ہوا غبارہ ابھی تک لوٹ کر نہیں آیا۔

چنانچہ میں نے اس چھوٹے سے لڑکے کی طرف دیکھا۔ اس کی طرف دیکھتے دیکھتے میں اُمید و بیم کی اُن بیتی ہوئی تمام منزلوں سے گزرتا رہا۔

"اے لڑکے! ادھر دیکھو۔ میری طرف!" میں نے اُسے آواز دی۔ اُس نے دو ایک بار میری جانب دیکھا بھی، پر اُس کی نگاہوں میں کوئی پہچان نہیں اُبھری۔

"ارے میں یہاں ہوں۔ تمہارے قریب اس پتھر پر بیٹھا ہوں۔" میں نے دوبارہ آواز دی۔ اُس لڑکے نے ایک بار پھر میری جانب دیکھا اور پھر اُس کی آنکھوں میں ہراس پیدا ہو گیا۔ اُس نے منہ بسور کر کہا: "جانے کون بول رہا ہے، نظر تو کوئی آتا نہیں۔"

"کیا؟ میں تمہیں نظر نہیں آرہا ہوں؟ تمہارے قریب تو بیٹھا ہوں۔"

"میرے قریب تو کوئی نہیں ہے۔ جانے کون ہے؟ کہاں سے بول رہا ہے۔" لڑکے

نے اپنے قریب دیکھتے ہوئے کہا۔ اور تب میں سمجھ گیا کہ اپنے اوپر ہی اوپر اُڑتے ہوئے غبارے کی طرف دیکھتے دیکھتے اس لڑکے کی بصیرت میں فرق آ گیا ہے۔ مجھے بہت رنج ہوا بلکہ میرے دل میں ایک کچوکہ سا لگا۔ میں نے اُداس لہجے میں دوبارہ پوچھا۔

"تب لڑکے! میری آواز تو تم سُن رہے ہونا؟"

"ہاں سُن رہا ہوں۔ پر تم کون ہو، کہاں سے بول رہے ہو؟"

"میں تمہاری ہی طرح کا ایک لڑکا ہوں۔ میرا غبارہ بھی ایک دن اسی طرح میرے ہاتھ سے چھوٹ گیا تھا۔ اور میں بھی تمہاری طرح بیٹھا اُس کے واپس آنے کا انتظار کر رہا ہوں۔"

"کب کی بات ہے؟" اُس نے معصومیت سے پوچھا۔

"یاد نہیں۔ شاید کل کی بات ہے۔ شاید سال بھر پہلے کی بات ہے، یا شاید سو سال پہلے کی بات ہے۔"

میری بات سُن کر وہ چھوٹا سا لڑکا کھلکھلا کر ہنس پڑا۔ مگر فوراً ہی یہ قہقہہ اس کے گلے میں اٹک گیا۔ اُس نے رُندھی ہوئی آواز میں پوچھا۔ "کیا تم بھی اپنی ماں کے لئے نسوار لینے گھر سے نکلے تھے؟"

"نسوار؟ — ہاں۔ نسوار تو نہیں — مگر تمہیں کیسے معلوم؟"

"معلوم ہے نا۔ مجھے پندرہ پیسے دے کر ماں نے نسوار لانے کے لئے بازار بھیج دیا تھا۔ بازار میں یہ رنگ برنگے غبارے بِک رہے تھے۔ گیس بھرے ہوئے غبارے۔ غباروں کی طرف دیکھ دیکھ کر میں اپنی ماں کے لئے نسوار لانا بھول گیا۔ اور میں نے پندرہ پیسے میں غبارہ خرید لیا۔ مگر — مگر چند ہی قدم چل کر غبارہ میرے ہاتھ سے چھوٹ گیا۔ اب میں کون سا منہ لے کر گھر جاؤں؟" یہ کہہ کر وہ لڑکا زور زور سے رونے لگا۔

اور اس لڑکے کی بات سُن کر مجھے اپنی بات یاد آ گئی۔ مجھے بھی ماں نے پیسے دے کر بازار بھیج دیا تھا۔ تھوڑی سی افیم لانے کے لئے۔ میری ماں کو افیم کھانے کی لت پڑ گئی تھی نا

جب اُسے میرا الو پٹیا تھا، اور مار مار کر اور تھک ہار کر قہوہ خانے کا رُخ کرتا تھا، تو وہ اپنے درد کی ٹیسیں بھلانے کے لئے مجھے پیسے دے کر باہر بھیج دیتی تھی۔ یا جب میرے تار تار پیرہن کو رفو کرتے کرتے سوئی اُس کی اُنگلی میں چبھ جاتی تھی، اور اُنگلی سے ہوتی ہوئی دل تک اُتر جاتی تھی۔ تو وہ مجھے پیسے دے کر بازار بھیج دیتی تھی۔ یا جب حکایتیں سُنا سُنا کر، سوکھی ہوئی نان کے ٹکڑے میرے خشک حلق سے نیچے اُتارنے کی کوشش میں، اس کے اپنے گلے میں کوئی پھانک سی پڑ جاتی تھی، تو وہ میری بھیگی ہوئی آنکھیں، اپنے میلے کچیلے آستین سے پونچھ کر، مجھے پیسے دے کر بازار بھیج دیتی تھی۔ اور ایک دن ـــ مگر وہ داستان تو میں بیان کر ہی چکا ہوں۔ پھر اس پتھر پر بیٹھے بیٹھے، اپنے رنگ برنگے غبارے کا انتظار کرتے کرتے، وہ تمام رموز آہستہ آہستہ مجھ پر آشکار ہوئے۔ اور زماں و مکاں کی زنجیر سے بندھا ہوا وقت میرے آگے سے گزر گیا۔ رات اور دن کی آہنی گرفت میں جکڑی ہوئی دُنیا میرے سامنے سے رواں دواں آگے ـــ اور آگے نکل گئی۔ سمندروں کا پانی خشک ہو کر ان گنت غباروں کی طرح اوپر ہی اوپر آسمان کی جانب لپکا اور باراں بن کر اُچھلتا کودتا زمین پر گر آیا۔ طغیانی آ گئی ـــ اور سمندر نے ایک بار پھر اس سنگلاخ زمین کو، کہ جس پر بنی نوع آدم کا گزر ہے، غرق کرنا شروع کر دیا۔

شاید کوئی سوئی کی نوک اُنگلی سے ہوتی ہوئی، دل کے آر پار گزر کر اوپر ہی اوپر لپکتی چلی گئی تھی آسمان کی جانب یا اس سے بھی پرے وسیع تر خلاء کی طرف۔ اور بے شمار غباروں میں چھید کرتی ہوئی زمین کے محور میں داخل ہو گئی تھی۔

ہاں! مجھے یاد آیا ـ تب ایک بڑی کشتی میرے سامنے سے گزر گئی، جس میں نہ جانے کون تھا۔ چند چرند پرند تھے۔ چند انسان تھے کہ جنھیں میں پہچان نہ سکا اور میں اس کشتی پر سوار نہ ہو سکا کہ میں اپنے رنگ برنگے غبارے کی واپسی کا منتظر تھا۔ جو ایک چھلاوے کی طرح ابھی میرے ہاتھ میں تھا ـ اور ابھی نہیں تھا۔ جو ایک خواب کی طرح ابھی میری پلکوں پر تھر تھرا رہا تھا، اور ابھی اوجھل ہو گیا تھا۔ جو ایک ـ ارمان کی طرح ابھی میرے

دل میں ہراس جگمگا رہا تھا، اور ابھی دسترس سے دور ہو گیا تھا۔ جو مقدر کی طرح ابھی میری پیشانی پر جگمگا رہا تھا۔ اور ابھی حرفِ غلط کی طرح مٹا دیا گیا تھا۔ خیال آتا ہے۔ خیال آتا ہے، کیا جو میں نے ایک درم میں خریدا تھا، وہ فقط ایک غبارہ تھا؟

کوئی تعجب نہیں جو یہ لڑکا مجھے دیکھ نہیں پا رہا ہے۔ اس کی بصیرت تو سلامت ہے۔ اس کی گفتار بھی قائم ہے۔ اس کے کان آواز سے۔ انسان کی آواز سے، آشنا ہیں۔ صرف میں صدیوں کی دھول سمیٹ سمیٹ کر پتھر میں تبدیل ہو گیا ہوں۔ اور شاید۔ مگر شاید نہیں، یقیناً یہ لڑکا میری چھاتی پر بیٹھا اپنے رنگ برنگے غبارے کی واپسی کا منتظر ہے۔ رفتہ رفتہ میری ہی طرح یہ لڑکا بھی پتھر میں تبدیل ہو جائے گا۔ پھر ایک اور ماں ایک ڈالر دے کر، یا ایک پاؤنڈ دے کر، یا ایک ین دے کر، اپنے چھوٹے بچے کو بازار بھیج دے گی کہ زہر جس قدر ہلاک ہوتا ہے، تریاق بھی اسی قدر کارگر ہونا لازم ہے۔ پھر وہ چھوٹا سا لڑکا بازار میں ایک غبارہ خریدے گا۔ مگر — یہ آواز؟

یہ کیسی بھیانک آواز؟ جیسے ایک ساتھ تمام پہاڑ بھک سے اُڑ گئے ہوں۔ اور ان کا لاوا ایک چھتری کی مانند اوپر ہی اوپر اُٹھتا جا رہا ہے۔ اور سورج کئی نیزے نیچے اُتر آیا ہے۔ چاروں طرف جلنے کی بدبو پھیل گئی۔ جو میں دیکھ رہا ہوں، کیا تم بھی وہی دیکھ رہے ہو لڑکے؟ میں نے چلا کر لڑکے سے پوچھا۔ مگر لڑکے نے کوئی جواب نہیں دیا۔ وہ آسمان کی طرف دیکھ رہا ہے۔

یہ آگ کیسے جلا رہی ہے لڑکے؟ میں پوچھ رہا ہوں۔ اس نے پھر کوئی جواب نہیں دیا۔ صرف اس کی نحیف سی، مریل سی ہنسی مجھے سنائی دے رہی ہے۔ تبھی میں نے آسمان کی طرف دیکھا۔ ہاں۔ وہی تو ہے۔ میرا رنگ برنگا غبارہ۔ پھر سے نمودار ہو گیا ہے۔ کئی غبارے نمودار ہو گئے ہیں — بے شمار رنگ برنگے غبارے۔ ارمانوں کے، خوابوں کے، تقدیروں کے۔ پھر میرے دیکھتے ہی دیکھتے ان تمام رنگ برنگے غباروں نے سورج کو اوپر اچھال دیا۔ اس کی مروجہ بلندی پر۔ ایک ٹھنڈی ہوا کا جھونکا نہ جانے کہاں سے

آ گیا، اور جلنے کی بد بو کو دور کہیں لے گیا۔

پھر میرے دیکھتے ہی دیکھتے زمین پر گھاس اُگ آئی۔ درختوں پر کونپلیں پھوٹ پڑیں۔ پرندے لوٹ آئے۔ ایک ہُد ہُد نہ جانے کہاں سے آکر میری چھاتی پر اپنی لمبی چونچ سے ٹھونگیں مارنے لگا۔ شاید۔ شاید یہ مجھے پتھر کے خول سے باہر نکالنا چاہتا ہے۔ پر میں سوچ رہا ہوں۔ سوچ رہا ہوں، کیا میں اِس پتھر کے خول سے باہر نکلنا چاہتا ہوں؟ سوچ رہا ہوں۔

لڑکے! ارے او لڑکے! میری بصیرت کام نہیں کرتی۔ ذرا تم ہی آس پاس اور اریب قریب نظر ڈال کے مجھے بتا دو۔ کیا میں اِس پتھر کے خول سے باہر آجاؤں؟

★★★

اگلی راہ کا مسافر

برآمدے کا لیمپ بڑی جد و جہد میں مشغول ہے۔ بے چارا! باہر برف لگاتار گر رہی ہے، اور ایک دودھیا رنگ کی جھالر برآمدے کے بالکل سامنے تن گئی ہے۔ چند ہی قدم چل کر لیمپ کی روشنی اس جھالر کی رو پہلی تاروں میں اُلجھ کر کھو گئی ہے۔ جیسے دل کے طاق پر رکھا ہوا کوئی ارمان کبھی کھو جاتا ہے۔ نظروں کے سامنے بھی ہوتا ہے، مگر پھر بھی نہیں ملتا۔ ٹٹولتے ٹٹولتے ہاتھ کی انگلیوں سے مس بھی کرتا ہے، مگر پھر بھی ہاتھ نہیں آتا۔

آگے ایک عجیب طرح کا اُجالا پھیل گیا ہے۔ اس اُجالے میں کوئی آواز نہیں آرہی۔ کوئی صدا کہیں سے نہیں اُبھرتی۔ مکمل سناٹا۔ صرف برف چُپ چاپ گر رہی ہے۔ جانے کون سے نقشِ پا چھپانے کے لئے۔

ایک سناٹا کو میرے اندر بھی کہیں اُبھر آیا ہے۔ ایسا لگ رہا ہے جیسے سارا اندر کا شور ختم گیا ہے، حتیٰ کہ پسلیوں کے اندر کی وہ آواز بھی مدھم سی پڑ گئی ہے۔ اس آواز کو دھڑکن کہتے ہیں ـــ اِس جگہ کو دل کہتے ہیں ـــ مگر دل کہاں ہے؟

میں محسوس کر رہا ہوں کہ وسندرا کی نگاہیں میرے چہرے کا طواف کر رہی ہیں۔ میں اپنے گالوں کے آس پاس ان نگاہوں کی گرمی محسوس کر رہا ہوں۔ مگر میں وسندرا کی طرف نہیں دیکھوں گا۔ میں نے اپنے چیسٹر کا کالر اوپر کھینچ لیا ہے ـــــ وسندرا نے بھی اپنے سر پر اسکارف باندھ لیا ہے۔

اب اُس کا ہاتھ میرے بازو کا سہارا تلاش کرے گا ـــــ اور پھر ہم دونوں اس گرتی ہوئی برف میں، اس منجمد سناٹے میں، اِس ہمت پست کرنے والے دھندلکے میں ایک سفر پر روانہ ہوں گے ـــــ

سفر لمبا نہیں ہے۔ چند فرلانگ یا اس سے بھی ذرا آگے ـــــ اس کے بعد وسندرا اپنے گھر کے دروازے میں کھڑی مجھے آخری بار دیکھے گی ـــــ میں بھی اُسے آخری بار دیکھوں گا۔ شاید دیکھ بھی نہ پاؤں۔ کئی مناظر ایسے ہوتے ہیں، جہاں آدمی چاہتا ہے کہ آنکھیں بند کر کے اپنے آپ کے اندر کہیں ڈوب جائے ـــــ

برف چپ چاپ گر رہی ہے۔ ہمارے قدموں کے نشان ہمارے ساتھ ساتھ ہمارا پیچھا کرتے ہوئے چلے آرہے ہیں۔ جب میں تھوڑی دیر کے بعد اکیلا واپس آجاؤں گا، تو یہ سارے نشان برف نے ڈھک لئے ہوں گے ـــــ اور میں ان کو تلاش کرتے کرتے کھو جاؤں گا ـــــ

"کیا سوچ رہے ہو؟"

"کچھ بھی نہیں ..." میری آواز کچھ کچھ انجانی سی لگ رہی ہے۔ وسندرا رُک گئی ہے۔ اُس کے شانوں پر اور بازوؤں پر اور سر پر اور سینے کی گولائیوں پر ایک مہین سی برف کی تہہ اُبھر آئی ہے۔ اُس نے اسکارف کھول کے اسے جھاڑنا شروع کیا ہے۔ اور اِس دوران اس کے بالوں پر برف گر رہی ہے ـــــ اور دیکھتے ہی دیکھتے اُس کے بال سفید ہو گئے ہیں ـــــ بالکل سفید ـــــ دیکھتے ہی دیکھتے وقت اور فاصلے کی تمام حدوں کو پار کر کے میں جانے کہاں چلا گیا ہوں ـــــ اور میرے سامنے وسندرا کھڑی ہے۔ سفید بالوں والی گمبھیر

چہرے والی اور سنجیدہ آنکھوں والی وسندرا۔ اور اس کا ننھا سا، کمزور سا سفید ہاتھ میرے بازو کا سہارا لئے۔۔۔ نہیں! مجھے اِن حدوں کے اُس پار جانے کا کوئی حق نہیں ہے۔۔۔ مجھ میں اتنی دُور تک جانے کی طاقت نہیں ہے۔۔۔

"کیا دیکھ رہے ہو؟"

"تم بوڑھی ہو گئی ہو وسندرا۔"

"نہیں! میں کبھی بوڑھی نہیں ہو جاؤں گی۔۔۔ یہ تو تم کو جاننا چاہیئے تھا۔"

ہاں یہ مجھے جاننا چاہیئے تھا۔ میں اب بھی وسندرا کی آنکھوں کی طرف نہیں دیکھوں گا اُس نے دوبارہ اسکارف سر پر باندھ لیا ہے۔ اب اُس کا ہاتھ میرے بازو کا سہارا تلاش کر رہا ہے۔۔۔ ابھی اِس موڑ کے بعد اس کا مکان آئے گا۔۔۔

ابھی چند لمحوں کے بعد مجھے اکیلا واپس آنا پڑے گا۔۔۔ برف بدستور گر رہی ہے۔ اور واتنے سارے روپہلی تار اُلجھ اُلجھ کر اور سُلجھ سُلجھ کر آکاش اور دھرتی کی ہر چیز کو ڈھک رہے ہیں۔ راستہ تو تلاش کرنا ہی پڑے گا۔۔۔ ورنہ واپسی کا سفر کیسے طے ہوگا؟

مجھے اُس آتشدان کا خیال آتا ہے، جس میں کوئلے اب تک سرد ہو چکے ہوں گے۔ تھوڑی دیر پہلے یہ کوئلے زندہ تھے، اپنی لال زبانیں نکالے ایک دوسرے کے ساتھ ہم کلام تھے۔ اور میں اور وسندرا آتشدان کے سامنے بیٹھے اُس گڑیا کے بارے میں باتیں کر رہے تھے۔۔۔ مگر تب تو اُس نے مجھے وہ لفافہ نہیں دیا تھا۔۔۔ جو اس وقت میری اندرونی جیب میں پڑا پڑا سلگ رہا ہے اور رہ رہ کر ٹھہر ٹھہر کر مجھے کچُکے دے رہا ہے۔۔۔

وسندرا کہہ رہی تھی کہ اُس نے وہ گڑیا اپنے خاص کپڑوں کی تہہ میں سنبھال کے رکھی ہے۔ جانے اُس گڑیا کے دل میں اب تک کتنی خوشبو بس گئی ہوگی۔۔۔ کہیں یہ گڑیا مر تو نہ جائے گی۔۔۔ کیونکہ ہر وہ چیز مر جاتی ہے، جس کے دل میں وسندرا اپنی خوشبو بھر دیتی ہے۔۔۔

وسندرا تو دِش کنیا ہے گھوش۔

وسندرا تو موت کی دیوی ہے اپُوربٗ
وسندرا تو سیدھی سادھی لڑکی ہے بام دیو
پھر میں نے یہ گڑیا وسندرا کو کیوں دیدی ؟
"پروفیسر نرائن! میں آج آپ کے ساتھ چائے پیوں گی ؟"

"میرے ساتھ ؟ یہ کیسے ہو سکتا ہے ۔ ؟" میں بوکھلا گیا۔ اسٹاف روم میں مجھے سہارا دینے والا کوئی نہ تھا۔ گھوش اپنی کلاس میں مینڈکوں کی چیر پھاڑ کر رہا تھا۔ اپوربٗ اپنی کلاس میں کوترج کی تحلیل نفسی کر رہا تھا۔ بام دیو اپنی کلاس میں وشنیت کی انگوٹھی کھوج رہا تھا۔

"یہ ایسے ہو سکتا ہے پروفیسر کہ ابھی چائے آجائے گی اور ہم دونوں کپ ہاتھ میں لیکر اسے پی ڈالیں گے ۔"

وسندرا اسٹاف روم میں اپنا عمل جراحی مجھ پر استعمال کر رہی تھی۔ اُس کی ہنسی کا چھناکا کمرے میں گونج اُٹھا اور ساتھ ہی چپراسی چائے کی ٹرے لئے اندر داخل ہو گیا۔ اس چپراسی نے اِس سے پہلے وسندرا اور گھوش کے لئے چائے لائی تھی۔ وسندرا اور اپوربٗ کے لئے چائے لائی تھی۔ وسندرا اور بام دیو کے لئے چائے لائی تھی ۔

آج یہ وسندرا اور میرے لئے چائے لایا تھا۔ وسندرا نے ایک کپ بناکے مجھے تھماتے ہوئے کہا۔

"پروفیسر! میں ہر شخص کے لئے چائے نہیں بناتی ہوں ۔"

"پھر میرے لئے کیوں یہ تکلیف اُٹھائی ہے آپ نے ۔" میں نے ڈرتے جھجکتے ہوئے پوچھا۔

"اور نہ میں ہر شخص سے ایسے سوال سُنتی ہوں ۔" اُس نے فیصلہ کن لہجے میں جواب دیا۔ میں نے چائے کے دو ایک گھونٹ حلق سے اُتارے ۔ وسندرا نے چائے کی ایک اور پیالی بناکے اپنے سامنے رکھی اور پھر میری آنکھوں میں دیکھ کر کہنے لگی۔

"پروفیسر! میں آج آپ کے ساتھ آپ کے گھر جا رہی ہوں ۔"

میرے ہاتھ میں چائے کی پیالی تھرائی۔ ایک عجیب سی آواز پیدا ہوئی۔ بالکل ایسے جیسے سردی کی شدت سے کسی شخص کے دانت بج اُٹھے ہوں۔ ایک لمحہ کے لئے وسندرا کے چہرے پر ہنسی کا ایک خفیف سا سایہ تیر گیا۔ دوسرے لمحے اُس نے نہایت سنجیدگی سے کہا۔

"مگر شرط یہ ہے کہ آپ بُرا نہ منائیں۔"

"جی، جی نہیں! بھلا اس میں بُرا منانے کی کیا بات ہے۔"

مگر کالج سے میرے گھر تک کا راستہ اُس دن بہت لمبا ہو گیا۔ کیونکہ یہ راستہ وسندرا کے ساتھ بازار میں سے گزر کر طے نہیں کیا جا سکتا تھا۔ وسندرا جانی پہچانی تھی۔ میں اتنا جانا پہچانا نہیں تھا۔ اسلئے یہ راستہ نیم اندھیری گلیوں میں سے گزرتا ہوا، میرے گھر کی دہلیز تک چلا آیا۔ گھر کے پاس پہنچ کر وسندرا نے دھیرے سے کہا۔

"ہم لوگ تو بازار کے راستے سے بھی آ سکتے تھے۔ اگر یہیں آنا تھا تو۔"

"مگر یہ تو میں آپ کو شارٹ کٹ سے لے آیا ہوں۔"

وسندرا نے جواب میں میری آنکھوں میں جھانکا۔ میں اُس کی آنکھوں میں وہ جلتا ہوا سوال دیکھنے کی جرأت نہ کر سکا۔

"مجھے نہیں معلوم تھا کہ میں اِسقدر پاپولر ہوں۔"

اب میں اس کو کیسے بتاتا کہ وہ کتنی پاپولر تھی۔ اب میں اُس کو کیسے بتاتا کہ لوگ اس کے بارے میں کیا کیا کہتے تھے۔ سوچتے تھے۔ سوسائٹی میں زندہ رہنے کے لئے، سماج میں زندہ رہنے کے لئے، اپنے دوستوں اور رشتہ داروں میں زندہ رہنے کے لئے آجکل تلوار کی دھار پر چلنا پڑتا ہے۔ ایک ذرا پاؤں لڑکھڑایا تو ساری عمر کا بھرم ٹوٹ جائے گا۔ اک ذرا ٹھوکر کھائی تو آگے پیچھے کی تمام تاریخ مسخ ہو گئی۔ انسان کو کہاں آزادی ہے؟ یہ جو قدم قدم پر اَن دیکھی اور انجانی بیڑیاں ہیں، یہ تو مرتے دم تک بلکہ مرنے کے بعد بھی ساتھ رہتی ہیں۔

اگر وسندرا اِن بیڑیوں کے وجود کو تسلیم نہیں کرتی تھی تو اِس سے یہ تو ظاہر نہیں ہوتا تھا کہ وہ آزاد ہے — ایک خوبصورت کنواری لڑکی جس کے خیالات کچھ کچھ باغیانہ، کچھ کچھ

ترقی پسندانہ، کچھ کچھ آزادی پسند ہوں، ایک ایسی پتنگ ہے جس کو ہر کوئی گیٹی مار کر اُتارنا چاہتا ہے۔

مگر میں اس پتنگ کو اُتارنا نہیں چاہتا تھا۔ کیونکہ میری گیٹی میں اتنا دم خم نہیں تھا۔

ایک مسکراہٹ کی قیمت کانجی ورم کی ساڑھی۔

چائے کا ایک کپ بنا کر دینے کی قیمت ایک سونے کی گھڑی۔

ایک ساتھ سینما دیکھنے کی قیمت دو سُوٹوں کا کپڑا۔

اس سے آگے کی کوئی چیز بکاؤ نہیں تھی۔ اور یہ بھی جانتے تھے۔ کیونکہ وسندرا صرف خوبصورت اور چالاک ہی نہیں تھی، بلکہ بے حد سخت طبیعت کی مالک بھی تھی۔

"اندر تو آنے دیجئے۔"

ایک دن اُس نے میرا دروازہ کھٹکھٹایا۔ میں نے دروازہ کھول کر دیکھا تو میرے پاؤں چوکھٹ میں جم گئے۔

"آپ تو یوں کانپ رہے ہیں، جیسے میں آپ کی گرفتاری کا وارنٹ لے کے آئی ہوں۔"

"جی؟ نہیں تو۔"

اُس نے ایک قہقہہ مارا۔ اُف! کسقدر منجمد کر دینے والا قہقہہ۔ حالات کا منہ چڑاتا ہوا سا۔ وقت پر طنز کرتا ہوا سا۔ میں صرف اُس کا منہ دیکھتا رہ گیا۔ اِس لڑکی کو اپنے آپ پر کتنا بھروسہ تھا۔

"میں تو ماں جی سے ملنے آئی ہوں۔ راستے میں اِس ٹائی پر نظر پڑی، سوچا خرید لوں۔ خرید کے اب سوچتی ہوں کہ اس کا کیا کروں۔"

"رکھ لیجئے۔ جلدی یا بدیر کام آئے گی۔"

"آپ رکھ لیجئے۔"

وہ ٹائی میری گود میں پھینک کے اندر ماں جی کے پاس چلی گئی۔ اور میں باہر بیٹھا ہوا اپنی ہی آگ میں جلتا رہا۔

ایک عجیب طرح کی آگ تھی۔ نیم گرم سی آگ۔ ایسا لگتا تھا کہ زندگی آتشدان کے قریب ایک صوفے میں بیٹھی نیم وا آنکھوں سے کوئی خواب دیکھ رہی ہے۔ اس خواب کی تعبیر وسندرا تو نہیں ہو سکتی تھی۔ کیونکہ وسندرا خواب نہیں حقیقت تھی۔ پارے کی طرح بے قرار حقیقت۔

"آپ میرے لئے کون سا پرزینٹ لائیں گے۔ دوسرے ہفتے میری سالگرہ ہے۔"

"گڑیا۔"

"اوہ! کتنا خوبصورت آئیڈیا۔"

میں تو سوچ رہا تھا وہ کٹ کے رہ جائے گی ــــ مگر اس کو کاٹنے کے لئے کوئی بھی چیز تیز تر نہیں۔۔

اب وہ گڑیا اس کے خاص کپڑوں کی اٹیچی میں نہایت احتیاط کے ساتھ رکھی رہتی ہے۔ــ وسندرا کا کہنا ہے کہ اتنا لازوال تحفہ آج تک اُسے کسی نے نہیں دیا ہے۔

"اگر آپ سمجھتے ہیں کہ آپ نے یہ گڑیا دیکر مجھے یہ احساس دلانے کی کوشش کی ہے کہ میں موم کی گڑیا ہوں ــــ تو آپ نے غلطی کی ہے۔"

"میرا یہ خیال کبھی نہیں تھا۔" میں نے احتیاطاً جھوٹ بولا۔

"اور یہ خیال کرنا بھی حماقت ہے۔ عورت ہاتھ لگانے سے کبھی میلی نہیں ہو جایا کرتی۔ آپ جو باہر سے اتنے اُجلے اُجلے اور بے داغ نظر آتے ہیں۔ کیا معلوم آپ کا دل بھی اتنا ہی اُجلا اور بے داغ ہو؟"

بس کرو وسندرا۔ دل ہی تو ہے جس کے شیشے کو میں نے صاف رکھا ہے۔ آج تک اِس پر کوئی سایہ نہیں پڑا ہے۔ اس کی سطح سے کوئی خوشبو مس ہو کے نہیں نکلی ہے۔ یہ آئینہ بے داغ ہے۔ جیسے ابھی ابھی انڈے سے نکلا ہوا نرم گرم چوزہ ــــ اس کو ہاتھ میں کبھی نہ لینا، کہتے ہیں انسان کے ہاتھ میں زہر ہوتا ہے۔

ایک دن اسٹاف روم میں سبھی بیٹھے تھے۔ چائے آگئی۔ وسندرا نے پیالیوں

میں اُنڈیلنا شروع کی — میں نے دروازے کے اندر جھانکتے ہوئے کہا۔

"بھئی وسندرا۔ میں بھی آ گیا ہوں۔ ایک کپ میرے لئے بھی بنا دینا۔"

"آپ یوں سب کے سامنے مجھے چائے بنانے کے لئے مت کہا کیجئے۔"

اُس نے یخ بستہ اور نوکیلے لہجے میں کہا۔ میرے پاؤں جم گئے — ایسا لگا جیسے کسی نے بھری محفل میں مجھے تھپڑ مار دیا ہو — وہ میری حالت بھانپ گئی — اُس نے ایک ادا کے ساتھ اپنا جملہ پورا کیا۔

"مجھے شرم لاگے ہے۔"

مجھے پہلی بار احساس ہوا کہ اُس کی زنبیل میں ہر شے ہے۔ کیا عجب کہ اس زنبیل کے کسی کونے کھدرے میں وہ موتی بھی موجود ہو جسے پیار کہتے ہیں۔

اُس رات میں نے محسوس کیا کہ میرے دل کے آئینے کے آس پاس ایک انجانی سی خوشبو تیر رہی ہے — اور آئینے کی سطح رہ رہ کر ٹھہر ٹھہر کے دُھندلا جاتی ہے۔ اور اچانک اس احساس کو بھانپ کر میں ڈر گیا۔ اس خوشبو کو سونگھ کر میں ڈر گیا۔ کئی خوشبوئیں جان لیوا بھی تو ہوتی ہیں۔ کئی احساس قاتل بھی تو ہوتے ہیں۔

میں نے ڈرتے جھجکتے، بچتے بچاتے آئینے پر سے ساری دُھند صاف کر دی۔

"شام کو میرے ساتھ بازار چلنے گا؟"

دوسرے دن وسندرا نے میرے خیالات کا طلسم توڑ دیا۔

"شام کو؟ کیوں بھلا؟" میں نے احتیاطاً پوچھا۔

"چند ایک چیزیں خریدنا تھیں — ساتھ ساتھ کہیں بیٹھ کر چائے پئیں گے — کچھ باتیں کریں گے۔"

اُس نے نہایت اطمینان سے کہا۔

"باتیں؟ کون سی باتیں؟"

"بھئی حد ہو گئی پروفیسر نرائن۔ اب یہ مجھے کیسے معلوم ہے کہ میں شام کو کیا باتیں

کر دوں گی۔" اُس نے اُکتاہٹ سے کہا۔

میں جھینپ گیا۔ خوشبو کا ایک جھونکا کہیں قریب سے ہی گزر گیا۔

مگر شام کو باتیں نہیں ہو سکیں۔ کچھ خریداری مزید ہو گئی۔ ایک دکان میں اُس نے میری پسند کی ساڑھی خرید لی۔ جب میں پرس نکال کر پیسے دینے لگا تو اُس نے مجھے ایک خشمگیں نگاہ سے دیکھا۔ میں اس کو ایک طرف لیجا کر اصرار کرنے لگا۔

"نہیں! میں یہ نہیں ہونے دوں گی؟"

"کیوں نہیں۔۔۔؟"

"نہیں۔ تمہارے ساتھ میں ایسا نہیں کر سکتی نرائن۔"

اُس نے فیصلہ کن لہجے میں کہا اور دوسرے لمحے کاؤنٹر پر جا کے بل ادا کر دیا۔ میرا دل بجھ سا گیا۔ کچھ ندامت سی محسوس ہوئی۔ تھوڑا سا غصہ بھی ذہن میں بھر گیا۔ کیوں نہیں؟ آخر کیوں نہیں۔۔۔؟ میری زبان گنگ ہو گئی۔ پھر ہم ایک ریستوران میں داخل ہو گئے۔ چائے کا آرڈر اس نے خود ہی دیا۔ میں خاموش رہا۔ چائے کا ایک کپ بنا کر اُس نے خود میرے سامنے رکھا، میں خاموش رہا۔ میں نے دیکھا وہ کچھ بے چین سی ہو گئی ہے۔ کوئی اضطراب سا اُس میں اُبھر آیا ہے۔ اور زندگی میں پہلی مرتبہ میں نے اُس کا چہرہ اور اس کی آنکھیں اور اس کی حرکات سنجیدہ دیکھیں۔

"تو کیا تم بھی مجھے وہی سمجھتے ہو نرائن؟"

اچانک میں ہنس پڑا۔ اس لڑکی کی سنجیدگی تو شوخی سے بھی بدتر ہے۔

"ڈر گئیں کیا؟"

"تم نے مجھے واقعی ڈرا دیا تھا۔۔۔ توبہ توبہ! یہ ڈر بھی کتنی عجیب چیز ہے۔"

ہاں یہ ڈر واقعی ایک عجیب چیز ہے وسندرا۔ زندگی کا ایک خاصہ وقفہ اس کی نذر ہو جاتا ہے۔ اور زندگی اسقدر مختصر۔۔۔

اب وسندرا اور میں باقاعدہ دوست بن گئے تھے۔ عجیب طرح کی دوستی تھی یہ۔

وہ مجھ سے ڈرتی رہی۔ میں اُس سے ڈرتا رہا۔ اور ڈرتے جھجکتے ہم نے اپنی زندگیوں کو اتنا سمیٹ لیا کہ دُنیا کالج کے اسٹاف روم تک محدود ہو گئی۔ ہم ہر شام مرتے رہے اور ہر صبح دوبارہ زندہ ہوتے رہے۔

ایک وسندرا کئی وسندراؤں میں بٹ گئی۔ کسی دن وہ نئی نویلی دُلہن کی طرح لجاتی، سر پر ساڑھی کا پلّو ڈال کے آتی اور میرے سامنے لجائی سی بیٹھ جاتی۔ کبھی وہ ایک شوخ و شنگ نوعمر لڑکی کی طرح پھڑ پھڑاتی آتی اور اپنے بہاؤ میں مجھے گھیر کے لیجاتی۔ کبھی وہ ایک عمر رسیدہ خاتون کی طرح گمبھیر چہرے اور سنجیدہ آنکھوں کا خول چڑھائے آتی اور مجھے گھر کا، گرہستی کا اور بچوں کا احساس دلاتی۔

دل کے آئینے کی دُھند گہری ہوتی گئی۔ گہری ہوتی گئی۔ حتیٰ کہ ایک دن اس کی سطح بالکل ڈھک گئی۔ اُس دن وسندرا بالوں کو ایلورا کی مورتیوں کے ڈھنگ میں سنوار کر آئی تھی۔ میں دیر تک اس کے بالوں کو دیکھتا رہا۔

"نراتن! یہ تم آجکل میرے بالوں کو غور سے دیکھتے رہتے ہو۔ اس کی کیا وجہ ہے؟"

"وجہ! کوئی وجہ نہیں۔"

"ارے! کہیں تم مجھ سے پیار تو نہیں کرنے لگے ہو؟"

ہنسی کا ایک چھناکا بکھر گیا۔ روم روم اور انگ انگ سے خوشی کا ایک پیغام اُبھر آیا۔ میں دیر تک اِس پیغام کو سُنتا رہا۔ اور اِس پیغام کی پھوار میں نہاتا رہا۔ حتیٰ کہ وسندرا اُٹھ کے چلی گئی۔ بہت دیر کے بعد میں نے کھڑکی سے باہر دیکھا۔ درخت کی ایک ٹہنی پر چند زرد پتے کھڑکھڑا رہے تھے۔ اور کسی گمنام کیڑے کا شور فضاؤں میں بکھر رہا تھا۔ یہ تو خزاں کی علامت ہیں۔ تو کیا بہار چلی جائے گی؟

اُس رات دل کے آئینے پر وسندرا کا چہرہ پہلی بار نمودار ہوا۔ بالوں میں خوشبو کی نسیم اور آنکھوں میں شوخی کی کرن لئے۔ چہرہ کنول کی پتی کی طرح شاداب اور ماتھے پر شفق کا عکس۔

"ہاں وسندرا ! میں ہار گیا ہوں۔"

دوسرے دن وہ کالج آئی تو اُس نے اعلان کردیا کہ آج وہ کوئی کلاس نہیں لیگی۔ میں پہلے پیریڈ کے بعد اسٹاف روم میں داخل ہوا تو وہ سوچنا میں غرق تھی۔ کچھ تھکی تھکی سی نظر آرہی تھی۔

"کیا بات ہے وسندرا ؟"

میری آواز سُنکر وہ چونکی ۔۔ اس کے ہونٹوں پر ایک خفیف سی مسکراہٹ پھیل گئی۔

"میں سوچ رہی تھی نرائن ۔۔ کبھی یہ سوچنا بھی ایک باقاعدہ عمل ہے ۔۔ ہے نا ؟"

"کیا سوچ رہی تھیں ؟"

"بہت کچھ سوچ رہی تھی میں ۔۔ رات بھر سوچتی رہی ہوں ۔ تم چائے منگواؤ گے تو ایک کپ مجھے بھی بنا کے دینا۔"

"کیا سوچ رہی ہو وسندرا ؟"

"اوہو ! بتادوں گی۔ تم چائے تو منگوادو ۔۔ میں دراصل دو باتوں کے بارے میں سوچ رہی تھی ۔ ماضی کی تاریخ اور پیار کا وجود۔

"ہاں نرائن ! پیار کا وجود۔ یہ دونوں حقیقتیں بھیانک ہیں۔ ماضی کی تاریخ بھی اور پیار کا وجود بھی۔

"اچھا، تب تو مبارک ہو۔"

"چائے تو منگوادو۔ تم ایسے مبارکباد دے رہے ہو جیسے تمہیں معلوم ہے کہ۔۔"

لیکایک اُس نے جملہ ادھورا چھوڑا، اور ایک ہی جست میں کمرے سے باہر بھاگ گئی۔

بہت دور بھاگ گئی وہ ۔۔ اپنے اندر ہی کہیں ڈوب گئی ۔۔ اپنا جملہ تو مکمل کرلو وسندرا ۔۔ میری کسی نے نہ سُنی ۔۔ میں تلاش ہی کرتا رہا۔ اب اسٹاف روم میں جو وسندرا آتی تھی، وہ گم سُم سی، چُپ چاپ سی کوئی لڑکی تھی۔ جیسے اس لڑکی کی کوئی چیز کھو گئی ہو ۔۔ اور نظروں کے سامنے ہوتے ہوئے بھی نظر نہ آتی ہو ۔۔ اپنے اندر تلاش کرو وسندرا۔

انسان کے اندر تو ایک پوری کائنات بسی ہوتی ہے — تمہاری چیز باہر کہیں نہیں ملے گی۔

دیکھو! باہر درختوں کے پتے گر گئے ہیں۔ جا بہ جا زرد سوکھے پتوں کے الاؤ جل رہے ہیں۔ کل کالج سردیوں کے لئے بند ہونے والا ہے — پھر برف گرے گی۔ اور ایک سفید چادر سے تمام نشیب و فراز ڈھک جائیں گے — پھر تو تلاش محال ہو جائے گی — کوئی کھوئی ہوئی چیز واپس نہیں ملے گی — حتیٰ کہ نقشِ پا بھی ڈھک جائیں گے —

آتشدان کے کوئلے تو اب راکھ بن چکے ہوں گے۔ وسندرا کا مکان آگیا ہے۔ وہ سیڑھیوں پر کھڑی ہو گئی ہے ——— میں اُس کی آنکھوں میں اب بھی نہیں دیکھوں گا۔

"نرائن — !"

"ہوں۔"

"کیا سوچ رہے ہو۔"

"سوچتا ہوں اب واپسی اکیلے ہو گی۔"

"تب تم جاؤ نرائن کہیں وہ اکیلی ڈر نہ جاتے۔"

"کون — ؟"

"دنتی! میں اُسے آتشدان کے پاس صوفے میں بٹھا کر آئی ہوں۔

میں شدت سے چاہ رہا ہوں کہ وسندرا کو آخری بار دیکھوں — مگر جانے میں ایسا کیوں نہیں کر سکوں گا ——— وسندرا نے اندر جا کر دروازہ بند کر دیا ہے۔ اندھیرا کیوں گہرا نہیں ہوتا ——— یہ برف کا اُجالا ——— سرد اور بے جان، ——— بے آواز ———

اچانک مجھے اِس لفافہ کا خیال آیا ہے۔ جو میری اندرونی جیب میں پڑا پڑا سُلگ رہا ہے ——— یہ وسندرا کی شادی کا دعوت نامہ ہے ——— وسندرا اور میجر دت۔

نرائن! میرے ساتھ شادی کر کے صرف وہ شخص خوش رہ سکتا ہے، جس کے لئے

میں بالکل اجنبی ہوں گی — میں تمہیں خوش دیکھنا چاہتی تھی۔

کارڈ کے پیچھے لکھے ہوئے حرُوف دھیرے دھیرے برف سے ڈھکتے جارہے ہیں — ڈھکتے جارہے ہیں — ابھی یہ حرُوف دھیرے دھیرے بالکل ڈھک جائیں گے — مجھے جلدی گھر جانا چاہیئے — آتش دان کے کوئلے تو بجھ گئے ہوں گے — اور وسندرا اکیلی میرا انتظار کر رہی ہو گی ••

شہر بے چراغ

سرِ شام ہی ہواؤں کے جھکڑ چلنے شروع ہو گئے۔ ایک عجیب طرح کا الگجا سا اندھیرا چھا گیا۔ پھر یکایک شہر کی تمام روشنیاں ایک ساتھ بجھ گئیں۔ چند بڑی بڑی دکانوں میں ایمرجنسی روشنیاں چمک اٹھیں۔ لوگوں نے سمجھا سب کچھ معمول کے مطابق ہو رہا ہے۔ لوگ ایسا سمجھنے میں حق بجانب تھے۔ کیونکہ شہر کی روشنیاں بارہا بجھ جایا کرتی ہیں ہواؤں کے جھکڑ بھی چلا ہی کرتے ہیں۔ نلکوں میں پانی بھی خشک ہو جایا ہی کرتا ہے۔

بس اسٹینڈوں پر لوگوں کی لمبی لمبی قطاریں لگ گئیں۔ پر کوئی بس نہ کہیں سے آ رہی ہے اور نہ کہیں جا رہی ہے۔ لوگوں نے سمجھا کوئی خلاف توقع بات نہیں ہے۔ لوگ ایسا سمجھنے میں حق بجانب تھے۔ کیونکہ بسیں سالہا سال سے اسی طرح لوگوں کے ساتھ آنکھ مچولی کھیلتی ہی رہتی ہیں۔ پھر کسی نے دیکھا کہ بسوں کی لائٹیں بالکل نہیں جل رہی ہیں۔ اور شاید اسی وجہ سے بسیں چلنا بند ہو گئی ہیں۔ یہ بھی کوئی خلاف توقع بات نہیں تھی۔ یہ تو شہر کی زندگی کا معمول ہے۔ اکثر چیزیں کام کرنا بند کیا ہی کرتی ہیں۔ بجلی کا ٹرانسفارمر کام کرنا

بند کرتا ہے۔ ہوائی جہاز کا انجن کام کرنا بند کرتا ہے۔ لوہے کا کارخانہ کام کرنا بند کرتا ہے۔ ریل کا انجن کام کرنا بند کرتا ہے۔ سینما کا پروجیکٹر کام کرنا بند کرتا ہے۔ دفتر کا کلرک کام کرنا بند کرتا ہے۔ مگر دفتر کا کلرک آدمی ہوتا ہے، اس بات کے باوجود کہ کچھ لوگ اسے مشینری کا پُرزہ سمجھتے ہیں۔ اس کو جانے دیجئے کہ یہاں تو صرف مشینوں کا ذکر ہو رہا ہے۔ چنانچہ لوگوں نے سمجھا کہ کوئی خلافِ معمول بات نہیں ہو رہی ہے۔ لوگ یہ سمجھنے میں حق بجانب تھے۔ کیونکہ لوگ ان باتوں کے عادی ہو گئے ہیں۔

مہینے میں بارہ دن نلکے میں پانی نہیں آتا، لیکن فیس پورے مہینے کی لگتی ہے۔ بجلی مہینے میں دس دن بند رہتی ہے۔ مگر فیس پورے تیس دن کی لگتی ہے۔ سیمنٹ کی بوری کا وزن سات کلوگرام کم ہوتا ہے، مگر دام پچاس کلوگرام کے لئے جاتے ہیں۔ آٹے کی بوری میں چار کلوگرام ریت ملتا ہے۔ مگر دام ـــــ ٹرین سات گھنٹے لیٹ اسٹیشن پہنچتی ہے، لیکن ٹکٹ کے دام جوں کے توں ہیں۔ چنانچہ لوگ ایسا سمجھنے میں حق بجانب تھے۔ اور بس اسٹاپوں پر انتظار کر رہے تھے۔ ریلوے پلیٹ فارموں پر انتظار کر رہے تھے۔ راشن کی دُکانوں پر انتظار کر رہے تھے۔ میونسپلٹی کے نلوں کے پاس انتظار کر رہے تھے۔ عدالت کے ایوان کے باہر انتظار کر رہے تھے۔ پارلیمنٹ ہاؤس کے سرسبز لانوں میں انتظار کر رہے تھے۔ کہ انتظار ضروری تھا۔ اور زندگی کا ایک حصہ بن چکا تھا اور حسب معمول تھا۔

ہواؤں کے جھکڑ بدستور چلتے رہے۔ پھر آسمان پر بادل چھا گئے۔ کالے مہیب بادل۔ آن کی آن میں بارش شروع ہو گئی۔ اس قدر شدید بارش کہ نہ کبھی پہلے ہوئی تھی، نہ کبھی آئندہ ہونے کی امید تھی۔ لوگ بدستور انتظار کر رہے تھے۔

پھر اچانک ایک بچے نے کسی قطار میں کھڑے اپنے باپ سے پوچھا۔ ابا آج تو جُگنو بھی نظر نہیں آتے۔ اور لوگوں نے دیکھا واقعی کوئی جگنو کہیں بھی نظر نہیں آتا۔ پھر کسی کارندے نے اپنے مالک سے کہا۔ لالہ جی!

.... اور مالکوں نے دیکھا کہ واقعی دُکانوں کے اندر تمام ایمرجنسی لائٹیں بند ہو گئی ہیں۔

پھر کسی کلینر نے اپنے ڈرائیور سے کہا۔۔۔ استاد جی! بیٹری ڈاؤن ہو گئی ہے۔ اور تمام ڈرائیوروں نے دیکھا کہ واقعی تمام بیٹریاں ڈاؤن ہو گئی ہیں۔ ڈیش بورڈ کی تمام روشنیاں گل ہو گئی ہیں۔ اور اچانک تمام لوگوں کو احساس ہوا کہ روشنیاں تو تمام کی تمام بند ہو گئی ہیں۔ نہ بجلی کی روشنی ہے، نہ بیٹری کی روشنی ہے۔ نہ ایمرجنسی لائٹس ہیں۔ نہ ڈینمو کی روشنی ہے۔ اور۔ اور نہ جگنو کی روشنی ہی نظر آتی ہے۔ چاروں طرف گھپ اندھیرا چھا گیا ہے۔ عین اسی وقت کسی نے چیخ کر کہا۔ دیکھو ستارے بھی ایک ایک کر کے غائب ہو رہے ہیں۔ اور تمام لوگوں نے آسمان کی طرف دیکھا۔ واقعی!! پھر یکایک ہواؤں کے جھکڑ زور پکڑنے لگے۔ طوفان گرجنے لگا۔ اور چیخ و پکار بلند ہو گئی۔ اس قدر بھیانک طوفان کہ ہر شے تحس نحس ہونے لگی۔ اتنا شور بلند ہونے لگا کہ کانوں کے پردے پھٹنے لگے۔ اور یکایک لوگ بھاگنے لگے۔

ایک کار میرے اوپر سے اُڑتی ہوئی آئی اور سامنے ایک دیوار سے ٹکرا کر پاش پاش ہو گئی۔ میں بھی بھاگ کھڑا ہوا۔ لوگ میرے سر کے اوپر سے اُڑتے ہوئے جا رہے تھے، اور کچھ دور جا کر کسی مکان سے ٹکرا جاتے تھے۔ یا کسی درخت کی ٹہنیوں میں اُلجھ جاتے تھے۔ یا کسی بجلی کے کھمبے سے لٹک جاتے تھے۔ طوفان کے زور سے میرے کپڑے تار تار ہو گئے۔ میرا ایک جوتا نہ جانے کہاں رہ گیا۔ میرے کوٹ کی آستین میرے بازو میں سے نکل کر نہ جانے کہاں گم ہو گئی۔ میں بدستور بھاگتا رہا۔ سبھی لوگ بھاگ رہے ہیں۔ ہر کوئی اپنے آپ کو بچانے کی فکر میں ہے۔ لوگ بھول چکے ہیں کہ ان کے ہمراہ ان کی بیوی بھی تھی۔ انھیں یاد ہی نہیں کہ اُن کی اُنگلی پکڑ کر ان کے ساتھ ان کا بچہ بھی چل رہا تھا۔ انھیں اس کا ہوش ہی نہیں کہ جب وہ گھر سے چلے تھے، تو ان کے ساتھ ان کی ماں بھی تھی۔ انھیں یاد ہی نہیں کہ وہ اپنے لاغر باپ کو ڈاکٹر کو دکھانے ساتھ لائے تھے۔

ایک دم ہی جیسے انسانی ذہن نے پلٹا کھایا اور وہ سوائے اپنے سب کو بھول گیا۔ بھاگتے بھاگتے مجھے احساس ہوا کہ اب میرے بدن پر کوئی کپڑا باقی نہیں رہ گیا ہے حتیٰ کہ کلائی کی گھڑی بھی ساتھ چھوڑ گئی ہے۔

ہائے ایسی ایک شے تھی جو پچھلے اٹھارہ سال سے دن رات میرے ساتھ رہی ہے تب بھی جب بچپن کے دوست نے میرا ساتھ چھوڑ دیا۔ کیونکہ وہ مل کا منیجر بن گیا تھا، اور میں مل کے پھاٹک کے باہر کھڑا میں ادرک پیاز بیچنے کا دھندہ کرتا تھا۔ مل کے باہر دھندہ کرنے والوں پر یہ فرض عائد ہوتا ہے کہ وہ منیجر صاحب کو آتے جاتے سلام کریں۔ میں دوستی کے بھرم میں رہا اور سلام نہیں کیا بچپن کے دوست نے کہا احسان فراموش ہے۔

تب بھی جب میری محبوبہ نے میرا ساتھ چھوڑ دیا۔ کیونکہ وہ گلیمر آرٹس نامی دُکان میں ملازم ہو گئی تھی، جہاں اُسے صرف کاؤنٹر کے پیچھے بیٹھ کر مسکراتے رہنے کا کام ملا تھا۔ اور میں گلیمر آرٹس نامی دُکان کے سامنے سوڈا کی بوتلیں بیچنے کا دھندہ کرتا تھا۔ اور ہر شام اپنی محبوبہ کو دُکان کے مالک کے ساتھ کار میں جاتے ہوئے دیکھتا تھا۔ محبوبہ نے کہا جاسوس ہے۔

تب بھی جب میرے باپ نے مجھے گھر سے نکال دیا۔ کیونکہ وہ محض میری تنخواہ سے مطمئن نہیں تھا۔ بلکہ اوپر کی آمدنی کا طالب تھا۔ اس کے نزدیک تحصیل کا محرر خالی خولی تنخواہ کا نام نہیں ہے۔ تحصیل کے محرر کے کچھ اور بھی دام ہیں۔ باپ نے کہا اولادِ ناخلف ہے۔

تب بھی جب میرے افسر نے مجھے چھوڑ دیا۔ کیونکہ ماتحت کا فرض ہے کہ وہ افسر کے گھر سبزی چھوڑ آتے، اس کی بیوی کے پاؤں دباتے اور اس کے بچوں کو اسکول چھوڑ آتے۔ افسر نے کہا فرض ناآشنا ہے۔

تب بھی جب میرے وارڈ کے میونسپل کونسلر نے مجھے چھوڑ دیا۔ کیونکہ میں نے الیکشن کے دوران اس کے لئے پوسٹر بنانے اور دام مانگے۔ میونسپل کونسلر نے کہا۔ دل بدلو ہے۔

تب بھی جب میرے علاقے کے وزیر نے مجھے چھوڑ دیا۔ کیونکہ میں نے اپنے اخبار میں اس کے حرم کی ایک رنگین شام کی تفصیل چھاپ دی۔ وزیر نے کہا میرے حریف سے ملا ہوا ہے۔

تب بھی جب ملک کے حکمران نے مجھے چھوڑ دیا۔ کیونکہ حکمران سو رہا تھا، اور میں جاگ رہا تھا۔ اور اُسے جھنجھوڑ جھنجھوڑ کر جگانے کی کوشش کر رہا تھا کہ تاریخ پڑھو جو حکمراں کی سب سے بڑی رہنما ہے۔ حکمران نے کہا باغی ہے گرفتار کر لو۔

چنانچہ جب تمام لوگوں نے مجھے چھوڑ دیا۔ یہ کلائی کی گھڑی میرا ساتھ نبھاتی رہی۔ میں شام کو اُسے چابی دیتا۔ اور یہ دن رات مجھے پل پل اور لمحے لمحے کا احساس دلاتی۔ ہلاتی جھنجھوڑتی بتاتی کہ لمحے گذر رہے ہیں۔ دن گزر رہے ہیں۔ سال گزر رہے ہیں۔ عمریں گزر رہی ہیں۔ اب اٹھارہ سال کے بعد یہ کم بخت بھی میرا ساتھ چھوڑ گئی ۔۔۔ بھاگتے بھاگتے مجھے احساس ہوا کہ میں قدرے ہلکا سا ہو گیا ہوں۔ بلکہ بہت ہلکا پھلکا ہو گیا ہوں۔ کیا اس ننھی سی جان کا وزن اتنا تھا۔ ؟ صدیوں کا وزن جیسے میرے شانوں سے اُتر گیا تھا۔

اچانک طوفانی ہوا کا ایک ریلا آیا اور مجھے اٹھا کر لے گیا۔ میں ہاتھ پاؤں مارتا رہا۔ بے بس سا، مجبور سا۔ ہوا کے آہنی پنجے میں بند۔ تبھی کوئی شخص چلّایا۔ کہا تھا میں نے، تب گندم اور چاول موتیوں کے بھاؤ بکیں گے۔ کہا تھا میں نے، تب مائیں اپنی بیٹیوں کے ہاتھ تھام کر بازار کا رُخ کریں گی۔

کہا تھا میں نے، تب سورج بہت پرے دھکیلا جائے گا اور ایک لمبی، کالی، بھیانک رات زمین کو نگل لے گی۔

مجھے غصہ آیا۔ جانے کیوں چلّا رہا ہے۔ یہ شخص۔ کہا تھا تو کہا ہوگا۔ اب خاموش رہ کر طوفان کا نظارہ کیوں نہیں کرتا۔ یہاں تو بہت سے اشخاص بہت ساری باتیں کہہ گئے۔ تو پھر؟ نکلا آدمی غلامی کے خول سے باہر؟ ہوا اُجالا لوگوں کے تاریک صحن میں؟ کھلا کوئی گلاب کسی ویران دل کے اندر؟ جلا کوئی دیا کسی نیم تاریک طاق میں؟

یکدم جیسے ہواؤں کی گرفت ڈھیلی ہوگئی اور میں زور سے ایک چٹان کے اوپر گر کر پاش پاش ہو گیا۔ اندھیرا بدستور قایم رہا۔ طوفان بدستور گرجتا رہا۔ لمحے بیت گئے۔ جانے کتنے لمحے کتنے ماہ و سال کتنی صدیاں مجھے کوئی ہوش نہیں۔ کوئی شمار نہیں۔ کوئی دھیان نہیں۔ لہریں آتی رہیں اور چٹان کے ساتھ ٹکراتی رہیں۔ اور خالی سیپوں کا ایک انبار میرے آس پاس جمع ہوتا رہا۔ ان سیپوں میں کوئی موتی نہ تھا۔

پھر ایک دن میں نے ایک غیر مانوس آواز سُنی۔ کشتی کے چلنے کی آواز۔ چھپک چپ چپ۔ کیا کیا حضرت نوحؑ کی کشتی؟

ارے وہ دیکھو۔ اس چٹان کے پاس۔ سیپیوں کے ڈھیر کے ساتھ ایک اور فوسل۔ کسی نے زور سے آواز دی۔ چپو کی چپ چپ رک گئی۔ کشتی شاید ٹھہر گئی۔ اور اچانک چند ہاتھ مجھے ٹٹولنے لگے۔

یہ۔ یہ دیکھو آنکھوں کے نشان یہ کسی اور نے کہا۔ میں نے آنکھیں کھولنے کی کوشش کی۔ آنکھیں کھل نہ سکیں۔ میں نے چلاکر پوچھا۔ کیا کہیں کوئی چراغ جل رہا ہے۔ پر کسی نے میری بات کا جواب نہیں دیا۔

اٹھاکر ڈال دو کشتی میں۔ کوئی اور پکارا ــــ میں نے چلاکر پھر پوچھا۔ کیا طوفان تھم چکا ہے؟ اس بار بھی کسی نے میری بات کا جواب نہیں دیا۔ پھر کچھ ہاتھوں نے مجھے اٹھایا اور ایک تختے پر ڈال دیا۔ کیا کشتی کے عرشے پر؟ اس کے بعد میں سو گیا۔

ابھی ابھی میں نے چوری چھپے ایک لمحے کے لئے آنکھیں کھول دیں۔ میں نے دیکھا کہ میں بدستور ننگ دھڑنگ پڑا ہوں۔ ایک شیشے کے صندوق میں باہر روشنی بھی ہے۔ لوگوں کی آوازیں بھی ہیں دور کہیں کوئی نغمہ بج رہا ہے۔ یہ کون سا مقام ہے؟ اجنبی سا لگ رہا ہے۔ میرا دل زور زور سے دھڑکنے لگا۔ میں نے آنکھیں پھاڑ پھاڑ کر چاروں طرف دیکھنا چاہا۔ اچانک مجھے احساس ہوا کہ میں کسی عجائب گھر میں، شیشے کے صندوق میں بند ہوں۔ اس صندوق کے اوپر تختی پر کچھ عبارت لکھی ہے، جسے میں پڑھ نہیں سکتا۔

کیا کوئی خدا کا بندہ مجھے یہ عبارت پڑھ کر سنائے گا؟ ***

ٹراؤٹ مچھلی

ڈرائیور نے گاڑی کی رفتار تیز کردی ہے۔ حالانکہ ککرناگ سے ڈک سم جاتے جاتے گاڑی کی رفتار کم کی جانی چاہیئے، نہیں تو ان سربلند دیار اور چیل کے درختوں کا لاابالی پن، جگہ جگہ اُگے ہوئے جنگلی پھولوں کی رنگا رنگی، قدم قدم پر بہتی ہوئی چھوٹی چھوٹی ندیوں کی مست خرامی دیکھنے میں نہیں آئے گی ـــ اور آدمی یہ کبھی نہ جان سکے گا کہ اُس نے کیا کھویا اور کیا پایا۔ کچھ لوگ تو ان نیرنگیوں کے لئے اندھے ہوتے ہیں۔ یہ صرف سڑک کا کھردراپن اور اسپیڈ میٹر کی سوئی ہی دیکھ سکتے ہیں۔ ان کی نظر آدمی کی روح کو کبھی نہیں ڈھونڈتی۔

ہائے! یہ نظر کی بے نظری!

ککرناگ میں ڈیلیا کے مخملی پھول بدستور خوبصورت ہیں اور جھرنے کا پانی بدستور منہ زور تیزی سے چٹانوں کا سینہ چیر کے باہر آرہا ہے۔ بارہ سال پہلے جب میں یہاں آئی تھی، یہ تب بھی ایسے ہی تھا۔ چالیس سال پہلے جب کہ میں ابھی پیدا ہی نہیں ہوئی تھی، اس کے رنگ ڈھنگ ایسے ہی تھے۔ اور سو سال کے بعد، جب میری کچلی ہوئی روح بھی اس دُنیا کا طواف کرتے کرتے تھک کر سو گئی ہوگی، یہ ڈیلیا کے پھول اسی طرح مُسکرا رہے ہوں گے اور یہ جھرنا اسی طرح فراخ دلی سے اپنی بہار

کٹتا رہا ہو گا۔

کوئی چیز نہیں بدلے گی، صرف آدمی بدل جائے گا۔ اس کے چہرے کی چمک دمک ماند پڑ جائے گی، اس کے بالوں میں چاندی کے تار گھل مل جائیں گے ۔ اور وہ چند گزرے ہوئے لمحوں کو ہتھیلی پر لیے دُنیا کی بھول بھلیوں میں کھویا کھویا پھرے گا۔ بغیر آسرے کے، بغیر کسی اُمید کے، بغیر کسی مستقبل کے۔

اچھبل کا باغ، اور یہاں کی خوشی کتنی اچھی ہے۔ مگر یہاں میرا دم گھٹتا ہے۔ اُن ٹراوٹ مچھلیوں کا دم بھی گھٹتا ہو گا جو جالیوں والی نہروں میں مقید کسی ولایتی یا دیسی صاحب کے کانٹے میں پھنس کر تڑپنے کا انتظار کرتی ہیں۔

بے وقوف مچھلیاں!

اگر میں مرنے کے بعد ٹراوٹ مچھلی بن جاؤں؟

اُف! کیسے عجیب عجیب سے خیالات دماغ میں گھس آتے ہیں۔ صبح سے یہی حال ہے۔ لگتا ہے جیسے میں واقعی مرگئی ہوں اور ایک ٹراوٹ مچھلی بن کر اس جالی لگی بہتی نہر میں بند ہو گئی ہوں۔ اور ابھی کوئی ولایتی یا دیسی صاحب آکر اپنا کانٹا پانی میں پھینکے گا۔ اور پھر یہ کانٹا میرے حلق میں پھنس جائے گا۔

کس قدر جان لیوا منظر ہے۔

ڈک شم کی خاموش تنہائی کی طرح۔

اِن تنہائیوں کو میں نے آج سے بارہ برس پہلے ایک چیز سونپی تھی۔ اور آج میں ہزاروں میل کا سفر طے کر کے اُس چیز کو حاصل کرنے جا رہی ہوں۔ ڈر رہی ہوں اگر اِن تنہائیوں نے مجھے پہچاننے سے انکار کر دیا۔ تو۔؟

بارہ برس کافی لمبا عرصہ ہوتا ہے ۔ اور بارہ برسوں میں آدمی کہیں سے کہیں جا پہنچتا ہے۔ تب تو می کا سہارا تھا، اپنی نوکری کا سہارا تھا اور اپنی آتما کا سہارا تھا۔ آج کچھ بھی تو نہیں ہے فقط چند ٹیڑھی میڑھی ، ادھ لکھی یادوں کا خزانہ ہے، جسے دل لٹانا چاہتا ہے۔ مگر جسے لوٹنے والا کوئی نہیں ۔ کوئی نہیں۔

میں کونونیٹ اور پھر کالج کی پڑھائی ختم کر کے ممی کے ساتھ ڈک سم چلی آئی تھی۔ تب ڈک سم میں صرف وہ پُرانا ٹورسٹ ہٹ تھا اور اردگرد گھنے جنگلوں اور جنگلی پھولوں کے سوا کچھ بھی نہ تھا۔ دُور دُور تک کسی بستی کا کہیں نام و نشان نہ تھا۔ ایک ندی البتہ کھُردرے انداز میں پتھروں پر سے پھسلتی ہوئی بہتی تھی۔۔۔ اور جہاں جنگل نہیں تھا، وہاں دُور دُور تک مکئی کے کھیت تھے۔

ممی اور میں جب گاڑی سے اُترے تو سامنے ٹورسٹ ہٹ کے برآمدے میں مسٹر بیگ ہاتھ میں شراب کا گلاس لئے ہمارے استقبال کو کھڑا تھا۔ مسٹر بیگ ممی کا قریبی دوست تھا۔ مجھے دیکھ کر اُس نے ایک عجیب انداز میں سیٹی بجائی۔

"ہلو ینگ لیڈی" اُس نے اپنا ہاتھ بڑھایا۔

اُسی شام آتشدان کے قریب بیٹھے بیٹھے مجھے خانساماں خان محمد نے بتایا کہ مسٹر بیگ نے دن میں اُس ریچھ کو گولی ماردی تھی، جس نے مکئی کے کھیت سے ایک گجر عورت کو اغوا کیا۔۔۔ مجھے ہنسی آگئی۔

"تم کیوں ہنستا ہے چھوٹا میم صاحب! یہ ریچھ لوگ بڑا ظالم ہوتا ہے۔۔ عورت کو بھگا لے جاتا ہے"

"یُو راسکل ایڈیٹ" میں زیرِ لب بڑبڑائی۔۔۔

"اور کیا میم صاحب؟ اُس عورت کو تو ضرور لے جاتا ہے، جس نے لال کپڑے پہنے ہوں۔۔۔ لال کپڑے کا عاشق ہوتا ہے"

"سِلی"۔ میں نے ناک بھوں چڑھائی۔

"ہاں چھوٹا میم صاحب! میں کبھی اپنی عورت شاہ مال کو لال کپڑا نہیں پہننے دیتا"

میں کھِلکھِلا کر ہنس پڑی۔ میں نے سوچا کتنے جاہل اور وہمی ہوتے ہیں یہ لوگ۔ مگر میرا وہ قہقہہ شاید میرے اوپر طنز کر رہا تھا۔۔ کاش! میں نے خان محمد کی بات کو ہنسی میں نہ ٹال دیا ہوتا۔۔۔ اور اپنے تمام لال رنگ کے کپڑے جلا دئے ہوتے۔

ستمبر کا مہینہ بڑا ہی البیلا مہینہ ہوتا ہے۔ خواہ مخواہ کی تمنائیں دل میں گُدگُدانے لگتی ہیں۔ آدمی کا دل چاہتا ہے کہ خوب قہقہے لگائے اور چیل کے درخت کے نیچے کرسی ڈالے گھنٹوں بیٹھا رہے اور قدرت کا راگ سُنتا رہے۔ یہ راگ کوئی موسیقار ترتیب نہیں دیتا۔ ایک لے کہیں سے اُبھرتی ہے اور گھوم کر ارد گرد کی پہاڑیوں میں ایک نغمہ بکھیرتی فضا میں گم ہو جاتی ہے۔ پھر ایک ساز ینہ بجنے لگتا ہے۔ یہ جنگل کا راگ ہے۔

ڈکسم کے سنسان ٹورسٹ ہٹ میں یہ راگ سُنتے سُنتے میں مدہوش ہو گئی۔ ممی اور مسٹر بیگ دن بھر جنگلوں کی خاک چھانتے نکل جاتے تھے۔ جنگلوں سے مجھے ڈر لگتا تھا اور میں اکیلی اِس سنسان ہٹ میں بیٹھے بیٹھے اکتا جاتی۔ ایک خان محمد تھا جسے باتیں کرنے کا اتنا شوق تھا کہ اس شوق میں وہ مجھے کھانا کھلانا بھی بھول جاتا تھا۔ بڑا سیدھا سا آدمی تھا یہ خان محمد بھی۔

بارشیں روز ہوتی تھیں اور ایسے میں جی چاہتا تھا کہ کچھ ہو جائے۔ مگر کیا ہو جائے، اس کی تصویر میرے سامنے کوئی نہ تھی۔ ایسا ہی ایک بارش کا دن تھا، جب وہ شکاریوں کی پارٹی ڈکسم آگئی، جس میں وہ بھورے بالوں والا، گہری آنکھوں والا اور دلکش ہنسی والا رام کمار بھی تھا۔

رام کمار کو شکار سے دلچسپی تو نہ تھی، مگر اس کے ڈیڈی نے اُسے اِس پارٹی کے ساتھ شامل کر دیا تھا۔ دل بہلاوے کے لئے شاید۔ شام کو ممی، مسٹر بیگ اور اِس شکاری پارٹی کے پانچ آدمی آتشدان کے ارد گرد بیٹھے شراب پینے لگے۔ شراب مجھے بہت ڈراتی ہے۔ ایک عجیب قسم کا تصور ہے شراب اور شراب پینے والوں کے بارے میں۔ میں دوسرے کمرے میں اکیلی بیٹھی بور ہو رہی تھی کہ رام کمار میرے کمرے میں آگیا۔ تین ہی تو کمرے تھے اُس ٹورسٹ ہٹ کے۔

"آپ مس پردمیلا ہیں ـــ ہے نا؟" اُس نے کمرے میں آکر پوچھا۔

"جی۔ جی ہاں۔"

"میں رام کمار ہوں ۔۔ وہ لوگ شراب پی رہے ہیں۔ اور میں جھک مارتے مارتے یہاں آگیا۔"

"شراب پیتے۔ جھک مارنے کی کیا ضرورت تھی۔"

"اُہ! یہ تو ایک کہانی ہے مِس۔ گھر میں ممی پیتی ہیں، ڈیڈی پیتے ہیں۔ کوئی تو ہونا چاہیئے جو گرتے کو سنبھال سکے۔ اگر وہ لوگ ڈرائنگ روم میں پیتے پیتے بے ہوش ہو جائیں تو اُن کو بیڈ روم تک تو لانا ہوتا ہے ۔۔ اور پھر ڈیڈی نے کہہ دیا ہے کہ مجھے چالیس سال کی عمر کے بعد شراب پینے کی اجازت مل جائے گی۔"

"ابھی اور کتنا انتظار ہے؟"

"انتظار ہی انتظار ہے۔ ڈیڈی کے حساب سے پندرہ سال ہیں اور میرے حساب سے سوا سو سال۔"

رام کمار کی باتوں میں کوئی طنز نہیں تھا۔ کوئی بناوٹ نہیں تھی۔۔ اُس نے تو ایک حقیقت کو بیان کیا تھا۔ بھولے بھالے انداز میں۔ اور مجھے رام کمار ایک دم اچھا لگا۔ جانے کیوں اچھا لگا۔ اور پھر میری بوریت ختم ہو گئی۔ رام کمار تیرہ دن وہاں رہا اور وہ تیرہ دن ہی دراصل میری تمام عمر ہے۔ باقی کے سال اُن تیرہ دنوں کا سود در سود ادا کرنے میں گزر گئے۔

ان ہی تیرہ دنوں میں ایک دن وہ بھی تھا، جب میرے کانوں نے پیار کا راگ سُنا۔ ایک دن وہ بھی تھا جب میرے دل میں رکھے ہوئے گملے میں ایک خود رو پھول کھِل اُٹھا۔ ایک دن وہ بھی تھا جب مدھم چاند کی روشنی میں چیل کے درخت کے تنے سے لگے لگے میں نے اپنی ساڑھی کا پلّو اپنی اُنگلی کے گرد لپیٹتے لپیٹتے کسی کے ساتھ اقرارِ وفا کیا تھا۔۔ ایک پوری زندگی کی داستان اِن تیرہ دنوں میں سما گئی۔ ایک آسما کی روپہلی تصویر اِن تیرہ دنوں میں سانچے میں ڈھل گئی۔ ڈِک سُم کے جنگل اپنا راگ بھول گئے، اور میرا راگ سُنتے سُنتے سو گئے۔ وہ کل کل کرتی بھولی ندی اپنی موسیقی کو بیٹھی اور میرے تنفس کی موسیقی

سُن کر مدہوش ہوگئی۔ صرف ایک گیت باقی رہ گیا۔ ایک بول سُنائی دیتا رہا۔ ایک آہنگ کا سحر فضا پر چھایا رہا حتی کہ خان محمد بھی اپنی باتیں بھول کر میری باتیں سُننے لگا۔

"چھوٹا میم صاحب! تم پر خدا کا نور اُتر آیا ہے۔"

"وہ کیا ہوتا ہے خانساماں۔"

"محبت — محبت خدا کا نور ہوتا ہے چھوٹا میم صاحب۔ یہ نور ہر آدمی کی قسمت میں نہیں ہوتا۔"

اور آتشدان کے سامنے بیٹھے بیٹھے میں اپنی قسمت پر نازاں ہوتی رہی۔ ساری رات بھیگی بھیگی آنکھوں سے وہ خواب دیکھتی رہی، جس کی چھاؤں میں بیٹھ کر ایک پوری عمر گزاری جاسکتی ہے۔ حتی کہ صبح ہوگئی — اس دن رام کمار کو واپس جانا تھا — میں اور رام کمار پیدل ہی چل پڑے — باقی آدمی گاڑی میں پیچھے آنے والے تھے۔

"پرومی! میری بات مانو اور میرے ساتھ ہی سرینگر چلو۔" اُس نے خوابیدہ سی آواز میں کہا۔

"چند ایک دنوں کی تو بات ہے۔ اتنے اتاولے کیوں ہو رہے ہو۔" میں نے ڈوبی ہوئی آواز میں کہا۔

"جانے کیا بات ہے پرومی۔ میرا دل کہتا ہے کہ میں تمہیں دوبارہ نہ دیکھ سکوں گا۔"

"یُو ڈارلنگ! تم بڑے وہمی ہو۔" میں نے ہنس کر کہا۔

اتنے میں باقی لوگ گاڑی میں آگئے — اور رام کمار آنکھوں میں ایک سوال لئے اُس پر سوار ہوگیا — گاڑی روانہ ہوگئی اور میں موڑ پر رُک کر اُسے دیکھتی رہی۔ حتی کہ گاڑی دھول کی تہہ میں چھُپ گئی۔ اور میں اُس غبار کو دیکھتی رہی — دیکھتی رہی — دُور کہیں سے بن مُرغی نے آواز دی — اور مجھے یاد آیا — کالی داس کا وہ سین جب دشینت جنگل سے واپس چلا آتا ہے اور شکنتلا ڈبڈبائی آنکھوں سے اُسے جاتے ہوئے دیکھتی رہتی ہے — دیکھتی رہتی ہے۔

شاید کہیں کسی موڑ پر کوئی اور انگوٹھی کھو جانے والی تھی۔

کاش! میں نے رام کمار کے اندیشے کو ہنسی میں نہ ٹال دیا ہوتا۔ اور اُس کے ساتھ ہی سرینگر چلی گئی ہوتی۔

صبح ہی صبح خان محمد مکی کے بھٹے بھون کے لے آیا۔ میں برآمدے میں بیٹھی جانے کن خیالات میں گم تھی۔ جب سے رام کمار گیا تھا، مجھے تنہائی اور خموشی اچھی لگنے لگی تھی۔ جی چاہتا تھا کہ پہروں کسی سُنسان اور خاموش کونے میں بیٹھی بیٹھی اَن بوجھے خواب دیکھتی رہوں۔ جانے یہ خوابوں کی دنیا کیسی ہوتی ہے۔ آدمی کو ایک عجیب طرح کے نشے میں مدہوش رکھتی ہے۔ کوئی تعجب نہیں جو جنّت کا تصوّر خوابوں کا مرہونِ مِنّت ہے۔

"چھوٹا میم صاحب! یہ بھُٹے لے آیا ہوں۔"

"ارے خان محمد! صبح ہی صبح اِن کا کیا کریں گے۔"

"کھائیں گے میم صاحب۔ اصلی مِشری مکّی ہے۔ بڑی طاقت ہوتی ہے اِس میں۔ طاقت اور مٹھاس۔"

"میں نے کس شیر سے لڑائی لڑنی ہے، جو طاقت کی ضرورت ہو۔"

"کیسی بات کرتا ہے چھوٹا میم صاحب۔ محبوب کا انتظار صرف طاقت والا ہی کر سکتا ہے۔"

"جاؤ، تم اپنا کام کرو۔" میں جھنجلائی۔ غصہ دلانے والی باتیں کرتا ہے یہ خان محمد بھی کبھی کبھی۔ جنگلی گجر کہیں کا۔ محبت کی باتیں کرتا ہے، مجنوں کی اولاد۔

جانے یہ چڑچڑا پن کہاں سے آگیا تھا مجھ میں۔ کونونٹ میں مدر سُپیریر کہا کرتی تھی کہ لڑکیوں کو چڑچڑا نہیں بننا چاہیے اور غصہ نہیں کرنا چاہیے۔ ورنہ خوبصورتی زائل ہو جاتی ہے۔ مسٹر ہیگ اندر کمرے میں بیٹھے شراب پی رہے تھے۔ اور ممی پونی پر بیٹھی سیر کو گئی تھیں۔ اور میں وہیں برآمدے میں بیٹھی بیٹھی اپنے چڑچڑے پن پر کڑھتی رہی۔ خان محمد شاید ناراض ہو کر باہر چلا گیا تھا۔ میرا دل مجھے ملامت کر رہا تھا۔ مجھے خانساماں کو جھڑکنا نہیں چاہیے تھا۔ جانے اپنے بھولپن میں کیا کہتا ہے۔

پیچھے سے قدموں کی چاپ سنائی دی۔ اِن لکڑی کے مکانوں میں یہی تو ایک عیب ہے کہ ذرا ہوا زور سے چلنے لگی تو یہ چرچراتے ہیں — میں نے مڑ کر دیکھا — مسٹر ہیگ تھا۔

"ہلو سوئیٹ ہارٹ۔"

"ہلو انکل۔"

"تم ہمارا کو نفرت کرتا ہے، ہے نا؟" وہ میرے پیچھے آکے کھڑا ہو گیا۔

"اوہ نو انکل — یہ تم سے کس نے کہا؟"

"تمہارا اٹی یو ٹرنے — تم ہمارا پاس کبھی نہیں بیٹھتا۔"

"بس اتنی سی بات ہے؟"

اُس نے کوئی جواب نہیں دیا۔ میں بھی خاموشی سے جنگل کو دیکھتی رہی۔ میرے اندر ایک حس مسٹر ہیگ کے بارے میں سوچ رہی تھی۔ مسٹر ہیگ ایک ولایتی بنک کی مقامی شاخ کا منیجر تھا۔ آزادی کے بعد بھی انگریزوں کو ہندوستان میں اتنی زیادہ تنخواہیں ملتی ہیں کہ یہ خرچ کرتے نہیں تھکتے۔ می کہتی تھی مسٹر ہیگ کو ساڑھے چار ہزار روپے تنخواہ ملتی ہے۔ اس کے علاوہ رہنے کے لئے بنگلہ، سواری کے لئے گاڑی اور خدمت کے لئے چار ہندوستانی نوکر۔ ممی نے کہا تھا کہ مسٹر ہیگ نے شادی نہیں کی ہے۔

اچانک دو مضبوط ہاتھوں نے مجھے شانوں سے پکڑ کے اُوپر اُٹھایا — شراب کا ایک بھبکا میری ناک میں گھس آیا — میں نے دیکھا مسٹر ہیگ کی آنکھیں سمٹ کر سوئی کی نوک کی برابر ہو گئی تھیں — میرے ہاتھ پاؤں مفلوج ہو گئے — اور مجھے اپنے ہونٹوں پر دو جلتے ہوئے انگارے محسوس ہوئے — اور پھر یکلخت میری تمام طاقت واپس آگئی۔ میں نے ایک ہی جھٹکے میں اپنا آپ چھڑا لیا اور پھر میرے کانوں نے گولی چلنے کی سی آواز سُنی۔

چند لمحوں کے لئے تمام چیزوں نے دم سادھ لیا۔ اُف! وہ چند لمحے! جیسے ساری زمین رُک گئی ہو! جیسے کائنات کا دل بیٹھ گیا ہو۔

"یُو ڈرٹی بِچ! تم ہم کو سلیپ کیا؟ ہم تم کو لِک کرتا اور تم ہم کو تھپڑ مارتا۔"

مسٹر ہیگ ہانپ رہا تھا۔۔۔ میں نے برآمدے کے جنگلے کو پھاند کر چھلانگ لگائی اور جنگلوں کی طرف بھاگ گئی ۔۔۔ بھاگتی رہی، بھاگتی رہی حتیٰ کہ میری ٹانگوں نے مزید بھاگنے سے انکار کیا۔۔۔ پھر میں ایک جھاڑی میں منہ کے بل گر گئی اور گر کر تڑپنے لگی۔

دیکھتے ہی دیکھتے مجھے اپنے آپ سے نفرت ہو گئی۔ اِس جنگل سے نفرت ہو گئی۔ اور ایسے میں مجھے اپنا آپ بالکل اکیلا نظر آیا۔ اکیلا اور بے یار و مددگار۔ اور اپنی بے بسی پر مجھے رونا آیا۔۔۔ میں دیر تک روتی رہی، حتیٰ کہ میرے تمام آنسو ختم ہو گئے۔۔۔ اور پھر روتے روتے میں بے ہوش ہو گئی۔۔۔

عجیب طرح کی بے ہوشی تھی وہ ۔۔۔ ہوش میں آ بھی گئی، مگر ابھی تک بے ہوش ہوں۔ کاش! میں اُس دن ہوش میں نہ آئی ہوتی ۔۔۔ اور وہیں جھاڑی کے اندر اُس سنسان جنگل میں، دیودار کے درخت کے نیچے مر گئی ہوتی۔

دیار اور چیل کے درختوں سے گزر کر آتی ہوئی ٹھنڈی برفیلی ہوائیں تپتے بدن اور جلتی ہوئی آنکھوں کو کتنی بھلی لگتی ہیں۔ کہتے ہیں یہ ہوائیں تپ دق کے مریضوں کے لئے اکسیر ہوتی ہیں۔ مگر میں تپ دق کی مریض نہیں تھی۔ میرے اندر کہیں ہول سے اُٹھتے تھے۔ رہ رہ کر ٹھہر ٹھہر کر۔ لگتا تھا بخار ٹوٹ ٹوٹ کے پھر واپس آتا ہے۔ آٹھ دن یہی کیفیت رہی۔

جس دن مجھے بے ہوشی کی حالت میں جنگل سے لایا گیا تھا، اُس دن ممی مسٹر ہیگ کے ساتھ رات بھر لڑتی جھگڑتی رہی۔ جب میں ہوش میں آ گئی تو ممی نے مجھ سے رو رو کر معافی مانگی۔ ممی کو اپنے دوست پر بے حد غصہ تھا، اور اپنے آپ پر بھی۔

"تمہارا بُخار اُتر جائے، تو ہم سرینگر واپس جائیں گے۔"

اور آٹھ دس روز کے بعد میرا بخار اُتر گیا۔ میں نے کھینچ کھینچ کے اِسے اُتارا۔ لڑ جھگڑ کر اسے اُتارا۔۔۔ صرف اِس خیال سے کہ بخار اُترنے کے بعد میں سرینگر چلی جاؤں گی۔ ڈک سُم اور سرینگر کے درمیان کا ساٹھ باسٹھ میل کا راستہ میرے لئے کالے کوسوں کا بن گیا تھا۔

ڈک سم کا ہر درخت اب مجھے کاٹنے کو دوڑتا تھا۔ وہ اُودھی اُودھی گھٹاؤں کے ہجوم، جو جھومتے جھامتے ہر شام جنگل کے پیچھے نمودار ہوتے تھے میرے لئے عذابِ جان بن گئے تھے۔

اُس واقعہ کے بعد مسٹر ہیگ کبھی میرے سامنے نہیں آیا۔ آیا ہوتا تو میں اپنی کانوینٹ کی تعلیم بھول کر بھو کی شیرنی کی طرح اس کا منہ نوچ لیتی۔ ممی اور وہ البتہ ایک ساتھ کھانا کھاتے رہے۔ ساتھ ساتھ سیر کو جاتے رہے۔ اور ساتھ ساتھ ٹورسٹ ہٹ کے برآمدے میں بیٹھے شراب پیتے رہے۔ اور مجھے پہلی بار اس بات کا احساس ہوا کہ ممی مسٹر ہیگ سے ڈرتی ہے۔ اور ایسے میں مجھے ڈیڈی کا خیال آیا۔ جانے اتنے دن میں ڈیڈی کو کیسے بھول گئی تھی۔ ڈیڈی کتنے شریف اور آزاد خیال تھے۔ حالانکہ میں نے ان کو ممی کے ساتھ بیٹھ کر شراب پیتے کبھی نہیں دیکھا تھا۔ کبھی دس منٹ سے زیادہ ممی کو اور ان کو اکٹھے ایک جگہ بیٹھے نہیں دیکھا تھا۔ مگر میں جانتی تھی کہ وہ ممی کے کسی معاملے میں دخل نہیں دیتے تھے۔ انہیں ممی کے کسی دوست پر اعتراض نہیں تھا۔ ایک عجیب طرح کا اُداس اُداس سا اور کھنچا کھنچا سا رشتہ ان دونوں کے درمیان تھا۔ جو ایک ساتھ بریک فاسٹ کرنے اور ساتھ بیٹھ کر شام کا کھانا کھانے تک محدود تھا۔ باقی وقت ڈیڈی اپنے دفتر اور اس کے بعد کلب میں گزارتے تھے۔ اور ممی اپنے دوستوں کی محفلوں میں۔

اُس رات میرا بخار اُترے چار روز ہو گئے تھے۔ میں پھر سے رو بصحت ہو گئی تھی اور سرینگر جانے کے نشے میں سرشار اپنے بستر پر سوئی تھی۔ نیند نہ جانے کن وادیوں میں ماری ماری پھر رہی تھی اور میری پلکوں کے پاس آنے سے گریز کر رہی تھی۔ البتہ ایک غنودگی سارے بدن پر چھا گئی تھی۔ میرے کمرے کی کھڑکی کھلی تھی اور باہر بارش مسلسل گرتی جا رہی تھی۔ درختوں کے پتوں پر بارش کے قطرے گر کر ایک عجیب طرح کی سحر زدہ موسیقی کو جنم دے رہے تھے میں اِس موسیقی کے دھارے میں بہتی بہتی نہ جانے کن جزیروں تک جا پہنچی تھی۔ مجھے محسوس ہو رہا تھا جیسے کسی سنسان جزیرے پر میں اور رام کمار ایک دوسرے کا ہاتھ تھامے ایک درخت کے نیچے لیٹے لیٹے بے خبر ہو گئے ہیں۔

کہیں سے لکڑی چرچرانے کی آواز آئی۔ مگر یہ آواز اس سحر زدہ موسیقی کے ہلکے سے شور

میں دب گئی۔ سرد برفیلی ہوائیں جو میرے چہرے پر کھیل رہی تھیں، کچھ بوجھل سی لگنے لگیں۔ اور دیار کے جھومر دل کی وہ تیز خوشبو جو میری ناک کے آس پاس منڈلا رہی تھی، کچھ رنگ سی بدلنے لگی۔

اچانک دو ہاتھوں نے میرا چہرہ تھام لیا۔ میرے گلے سے ایک تیز چیخ نکل کر جنگل کی تاریکیوں میں بکھر گئی۔ دور کہیں کوئی سہا ہوا بن مرغ چلا آیا۔ پھر لگا جیسے کسی نے اس کا گلا دبا دیا ہو۔ چیخ اس کے گلے میں دب کر رہ گئی۔ اور اچانک ایک لمبا کالی فر کا درخت میرے اوپر گر آیا اور میں اس کے نیچے دب کر کچل گئی۔

ممی! — ممی تم کہاں ہو؟

جانے ممی کیوں میری چیخیں نہیں سُن رہی تھی۔

ممی مجھے بچاؤ — ممی — مگر مجھے کوئی نہ بچا سکا۔ مجھے کوئی نہ بچا سکا۔

صبح مُنہ اندھیرے خان محمد اپنے کٹھار سے واپس آیا۔

"بن مُرغی صاحب! وہ ادھر جنگل میں مری پڑی تھی۔ کسی نے نوچ نوچ کر اس کا گلا کاٹا ہے۔" مجھے اس کی آواز سُنائی دی۔

پھر گاڑی اسٹارٹ ہونے کی آواز آئی۔ اور انجن اپنے شور کی ایک لکیر سی بناتا دوُر جانے لگا۔ مسٹر ہیگ سرینگر روانہ ہو گیا تھا۔ میں نے آنکھیں کھولنے کی کوشش کی۔ مگر میں انہیں کھول نہ سکی۔ کیسے کھولتی۔ باہر جنگل میں آگ لگ گئی تھی۔ ہر درخت اور ہر جھاڑی جل کر راکھ ہو گئی تھی۔ اور جلے ہوئے اور ادھ جلے پرندوں کی لاشیں دُور دُور تک بکھری پڑی تھیں۔

"اُٹھو پروٗمی! دیر ہو گئی ہے — آج ہم نے سرینگر جانا ہے۔" ایک دھیمی سی، روئی روئی سی آواز نے پکارا — اور میں نے آنکھیں کھول دیں — سامنے ممی کھڑی تھی۔ ممی؟ نہیں! یہ کوئی دوسری عورت تھی جو ایک رات کے وقفے میں بوڑھی ہو گئی تھی۔ بوڑھی اور نڈھال — میں دیر تک اس چہرے کو دیکھتی رہی۔ جس پر رات کی رات میں جھریاں اُبھر آئی تھیں۔ میں دیر تک ان آنکھوں کو دیکھتی رہی، جو رات کی رات میں سیاہ حلقوں والے کنوؤں میں اُتر گئی تھیں۔

ممی نے آنکھیں جھکالیں اور کمرے سے باہر چلی گئی ــــ میں بے حس و حرکت پڑی رہی، اُس لُٹی ہوتی بھکارن کی طرح جس کی عمر بھر کی پونجی رات کی تاریکی میں لوٹی گئی ہو ــــ اور ایسے میں مجھے محسوس ہوا کہ کسی انجانی طاقت نے اُس جنم جنم کے رشتے کی ڈور کاٹ دی۔

کتنی گہری اور مضبوط ڈور ہوتی ہے یہ ــــ کرچ کی آواز آئی اور ایک ماں نے اپنی بیٹی کو کھودیا۔

کاش! مجھے معلوم ہوتا کہ میرے کپڑوں کا لال رنگ کسی زچہ کو کھینچ لاتے گا۔ اور میں بقیہ عمر سوگ کا کالا لباس زیب تن کرتی پھروں گی۔

پہاڑی کے اُوپر گھنے جنگلوں کے پرے ایک بڑی چراگاہ ہے۔ یہاں گوجر لوگ بھیڑ بکریاں اور مویشی لے کر گرمیوں کے مہینے گذارتے ہیں۔ دنیا اور دُنیا والوں سے دُور ان لوگوں کی زندگی قدرت کے بہت قریب ہوتی ہے ــــ دودھ اور مکھن کی بہتات اور شہد کے چھتے۔ کوئی نئی تہذیب کی روشنی نہیں۔ کوئی انگریزی یا دیسی اسکول نہیں۔ کوئی ہسپتال یا ڈاکخانہ نہیں۔ کوئی بینک یا بنیا نہیں ــــ صرف چند کٹھارے الاؤ اور مکی کے بھٹے۔

شاہ مال کا کٹھار اسی جگہ واقع تھا۔ اور جیسا کہ خان محمد نے ایک دن کہا تھا، شاہ مال کبھی لال رنگ کے کپڑے نہیں پہنتی تھی۔

جس دن میری دنیا تاریک ہوگئی تھی اور ممی مجھے لے کر سرینگر لیجانے والی تھی، اُسی دن سے میں اِس کٹھار میں شاہ مال کے پاس آگئی تھی اور شاہ مال نے مجھے پہاڑوں کی کہانیاں سُنا سُنا کر اور مکی کے ڈوڈے کھلا کھلا کر اس قابل بنا دیا تھا کہ میں اپنا چہرہ آئینے میں دیکھ سکوں۔ ایک مرا مرا سا، بجھا بجھا سا چہرہ، جسے دُنیا سے چھپا چھپا کے رکھنا پڑے گا۔ اُن درختوں اور جھاڑیوں سے چھپا کے رکھنا تھا، جن کی چھاؤں میں بیٹھ کر میرے دل میں ایک کرن اُتر آئی تھی۔ سرینگر جا کر اب میں کیا کرتی۔ کون سا سرمایہ لے کر میں اُس بھورے بالوں والے، گہری آنکھوں والے اور دلکش ہنسی والے رام کمار کے سامنے جاتی۔ ایک ہی سرمایہ تو ہوتا ہے لڑکی کے پاس۔ اور اِس سرمایہ کا غرور اور تمکنت اور شان لے کر وہ سر اُونچا کر کے چلتی ہے۔ مگر میرا یہ سرمایہ کالے چورنے رات کی تاریکی

میں مجھ سے چھین لیا تھا۔ اب سرینگر میرے لئے کوئی اہمیت نہ رکھتا تھا۔ رام کمار ایک اجنبی نام تھا۔ میری کوئی ماں نہ تھی، کوئی رشتہ نہ تھا، کوئی برادری نہ تھی، کوئی سہیلی نہ تھی — کوئی زمین نہ تھی، کوئی آسمان نہ تھا۔ آدمی کبھی کبھی کتنا سخت جان ثابت ہوتا ہے — مرتا ہی نہیں — ممی دوسرے کمرے میں سامان باندھنے میں مصروف تھی، اور میں نے برآمدے سے چھلانگ لگا کر جنگلوں کا راستہ اپنایا تھا۔ ایک آدمی تھا خان محمد جو مجھے نہایت رازداری کے ساتھ اپنے کٹھار میں لے گیا اور شاہ مال کے حوالے کر گیا۔ چار سال تک میں شاہ مال کے ساتھ گھی کے ڈوڈے کھاتی رہی۔ مگر وہ بوجھ نہیں ہٹ سکا، جس نے میری آتما کو منوں مٹی کے نیچے دفنا دیا تھا۔ میری آتما نے اس بوجھ کے نیچے کس طرح تڑپ تڑپ کر اور سِسک سِسک کر دھیرے دھیرے ہچکیاں لے لے کر جان دی تھی، اس کا اندازہ کسی کو نہیں ہو سکتا۔ میری ماں کو بھی نہیں۔

اور ایسے ہی ایک لمحے میں، جب میری آتما آخری ہچکیاں لے رہی تھی، میں نے سب کو معاف کر دیا۔ ممی کو، مسٹر بیگ کو، اپنے آپ کو — چیل اور دیار کے درختوں کو — ڈک سم کی پگڈنڈیوں — اُودھی اُودھی گھٹاؤں کو۔ کسی کا کوئی قصور نہ تھا۔ ہر کوئی زیادہ سے زیادہ روشنی اور دھوپ حاصل کرنے کے لئے جدوجہد کرتا ہے۔ یہ جنگل کا قانون ہے! ایسا کرنے کے لئے اگر چند بے نام پودے کچلے جائیں تو کوئی غم نہیں۔ اگر چند بن مُرغیوں کے گلے کٹ جائیں تو کوئی پروا نہیں۔ اگر کچھ بیلیں دم توڑ دیں تو کوئی تردّد نہیں — کیا ہوا اگر وہ بے نام پودا تمہارے دامن کا سہارا لئے زندہ تھا۔ کیا ہوا اگر وہ بن مرغی تمہاری شاخ پر بیٹھی گیت گایا کرتی تھی۔ کیا ہوا اگر وہ بیل تمہارے تنے سے چمٹ کر اپنی زندگی پر نازاں تھی — کیسی تہذیب ہے یہ جس کا تصور بدیس سے آیا۔ جس کی جڑیں ہوا میں جھول رہی ہیں — یہ کیسی تہذیب ہے، جو ایک ہاتھ میں شراب کا جام اور دوسرے ہاتھ میں جھنجھنا لے کر پیدا ہوئی ہے۔ میری ماں کا کوئی قصور نہ تھا۔ مسٹر بیگ کا بھی کوئی قصور نہ تھا۔ تصور تو اُس بن مرغی کا تھا، جو ڈنر کی میز پر ایک پلیٹ میں سجی سجائی ایک لقمے کی زندگی گزارنا پسند نہ کرتی تھی۔

قصور تو اُس ٹراؤٹ مچھلی کا تھا، جو جالی لگی ہوئی نہر میں قید نہ ہونا چاہتی تھی۔

ایک تصوّر تو آتما کا بھی ہے۔ اس کو کس پلیٹ میں سجا کر ڈنر کی میز پر رکھا جا سکتا ہے۔ اس کو کس کانٹے میں پھنسا کر جسم سے الگ کیا جا سکتا ہے۔ شراب کا جام اور جھنجھے تِتلی تہذیب انسانی جسم میں جلد سے گہری کیسے جا سکے گی ــــ کیسے جا سکے گی ــــ جس لمحے میں نے ساری دُنیا کو معاف کر دیا۔ اسی لمحے میری آتما نے آخری سانس لے کر دم توڑ دیا۔ اور میں شاہ مال کے کٹھار سے باہر آگئی ــــ بغیر آتما کی ایک عورت، اپنے ہی کھنڈروں کا بوجھ سنبھالے آہستہ آہستہ، رُک رُک کر قدم رکھتی ہوئی ڈِک سم کے اونچے جنگلوں میں سے گزرتی ہوئی نیچے آگئی ــــ ہر پگڈنڈی پر قدموں کے نشان ٹٹولتی ہوئی، ہر جھاڑی کے پیچھے جھانکتی ہوئی، ہر درخت کے تنے کو سہلاتی ہوئی ــــ یہ کیسا سفر تھا۔ یہ کیسی تلاش تھی۔ میں جگہ جگہ ڈھونڈھتی ہوئی گزر گئی ــــ مری ہوئی آتما کو کہاں دیکھا جا سکتا ہے ــــ اے خدا! اے میرے خدا ــــ!!

کہیں کسی نے راستہ نہیں بتایا۔ کہیں کسی نے پتہ نہیں دیا ــــ میں خود بھی اپنے آپ کو بتا نہ سکی۔ میں کیا ڈھونڈھ رہی تھی۔ کیوں ڈھونڈھ رہی تھی ــــ کہاں ڈھونڈھ رہی تھی۔

آتما کہیں مرتی ہے؟ پھر اُس دن میرے اندر کس چیز نے دم توڑ دیا تھا؟

اور بارہ برس کے بعد آج میں پھر اُن جنگلوں میں جا رہی ہوں، جہاں میرے اندر کسی چیز نے موت کی ہچکی لی تھی۔ مجھے وہیں جانا چاہیئے تھا اور اپنے آپ میں ڈوب جانا چاہیئے تھا۔ کیونکہ جہاں ایک پودا مرجاتا ہے، وہیں پر دوسرے پودے کی کونپل پھوٹتی ہے۔ باہر کی اتنی بڑی دُنیا میں، اتنی بڑی تہذیب میں، اتنی بڑی بھیڑ بھاڑ میں کوئی کیا پا سکتا ہے۔

ڈرائیور نے گاڑی کی رفتار کم کر کے انجن بند کر دیا ہے۔ ہاں یہی ڈِک سم ہے۔ اب تو یہاں پر ایک نیا ٹورسٹ ہٹ بھی بن گیا ہے اور سڑک بھی پختہ بن گئی ہے۔ میں گاڑی کے شیشوں سے دیکھ رہی ہوں کہ نئی ٹورسٹ ہٹ کے برآمدے میں چند لڑکے اور لڑکیاں کوئی انگریزی ڈانس کرنے میں محو ہیں۔

لڑکیاں جینز پہنے، بالوں کو چہرے پر بکھراتے قہقہے لگا رہی ہیں۔ لڑکے تنگ موری والی تیلونیں پہنے، اپنی پتلی کمروں کو بل دے رہے ہیں۔

یہ تہذیب ان کو کہاں تک لے جائے گی، اس بات کا انھیں کوئی احساس نہیں۔

یہ محور کتنا تنگ ہے، اس کا بھی ان کو کوئی احساس نہیں۔

اور ایک دن جب اُن کی آنکھ کھُلے گی اور یہ ہوش میں آئیں گے، تو انھوں نے کانٹا نگل لیا ہوگا اور کوئی ڈور کو دھیرے دھیرے کھینچ رہا ہوگا۔۔ ڈرائیور! تم جاؤ۔ یہ میرا آخری سفر تھا۔ میرے لئے دُعا کرنا کہ میں اگلے جنم میں ٹراؤٹ مچھلی نہ بن جاؤں۔ •••

اُبال

کئی دنوں سے آسمان کی ہنڈیا پک رہی تھی۔ مٹیالے سے، گدلے گدلے سے رنگ کی ۔۔ دُھواں دُھواں سی آنچ پر ۔۔ اور صبح اچانک اِس میں اُبال آیا۔ سویرے ہی چند آوارہ چیلیں بہت اُوپر مٹیالی فضا میں منڈلا رہی تھیں ۔۔ جانے کب کس آوارہ چیل نے چونچ کا ٹھونکا مار کر ڈھکن اُلٹ دیا اور پھر دیکھتے ہی دیکھتے ساری بھاپ باہر اُمڈ آئی۔ بڑا ہنگامہ ہوا۔ ہاتھیوں کی دھکم پیل۔ شیروں کی گرج ۔۔ غضبناک شعلے لپکے ۔۔ بلند ہوتے ۔۔ اور پھر چاروں اور جل تھل ۔۔ چند ایک پھواریں میرے تپتے چہرے سے ٹکرائیں۔ ایسے لگا جیسے کسی شریر بچے نے گرم توے پر پانی کے چھینٹے دیئے ہوں۔ ایک جھرجھری سی سارے بدن میں آئی ۔۔ ٹھنڈی ہوا کا ایک جھونکا جانے کس خوبصورت گلی سے آیا اور کمرے میں لٹکے ہوئے جھیل کی تصویر والے کیلنڈر کو گدگدا گیا ۔۔ صرف ایک جھونکا ۔۔ صرف ایک لمحہ ۔۔ اس کے بعد میں نے آسمان کی طرف دیکھا۔ ہنڈیا پر ڈھکن پھر سے بدستور رکھا ہوا تھا۔ اور ہنڈیا اندر ہی اندر پک رہی تھی ۔۔ دُھواں دُھواں سی آنچ پر ۔۔

"اے شانتی! دیکھا تم نے، دو چھینٹے برسائے اور بس کی۔ یہ دو چھینٹوں کی بارش تو آگ لگا دیتی ہے۔"

گلی کے پار ایک مکان کی بالکنی سے آدھا دھڑ باہر نکالے ایک عورت نے فریاد کی۔

ٹھیک ہی کہا سوبھاگیہ وتی نے۔ واقعی دو چھینٹوں کی بارش آگ لگا دیتی ہے۔ آدمی کا دل چاہتا ہے کہ کپڑے پھاڑ دے اور دیوانوں کی طرح سر پر خاک ڈال کر بازاروں اور گلیوں میں سے چیختا ہوا گزر جائے۔۔۔ یہ جس زندگی کی قسمت میں بھول کر بھی یہ دو چھینٹیں بھی نہ لکھی ہوں۔۔۔ اُس زندگی کی آگ اور جلن اور تپش کتنی شدید ہوگی۔۔۔

اُف! دم گھُٹ رہا ہے میرے معبود! ایک، صرف ایک سرد ہوا کا جھونکا ادھر بھیج دے۔ تاکہ یہ آگ اِک ذرا قابلِ برداشت بن جائے۔۔۔

مگر بات آوارہ چیلوں کی ہو رہی تھی۔ گدلی گدلی مٹیالی سی فضا میں اُڑتی ہوئی یہ چیلیں آنکھوں میں حرص کی چمک لئے گھومتی رہتی ہیں۔۔۔ ایک جھپٹا مارا تو وناسپتی کا کال پڑ گیا۔۔۔

"سیٹھ جی آپ کا ٹرنک کال۔"

"بول رہا ہوں جی۔۔۔ ہاں جی ہزار ایک ٹین تو ہوگا ہی۔۔۔ اچھا، ابھی کرتا ہوں جی۔۔۔ اے بانکے! چھوڑ یہ کھاتہ اور گودام میں چلا جا۔۔۔ مُراری! تم دو ٹرک لے کے پہنچ جانا۔"

اِدھر بانکے اور مراری گودام میں پہنچ گئے۔۔۔ چیل پھر مٹیالی گدلی فضا میں اُڑ گئی۔۔۔ اِس اڑان میں کتنا اطمینان ہے۔ کتنا لاابالی پن ہے۔ اِن پروں میں کتنا توازن ہے۔۔۔ تھوڑی تھوڑی موسیقی بھی ہے۔ کتھا کلی نہ سہی، دھما چوکڑی ہی سہی۔ گلی کے پار ایک مکان کی بالکنی سے آدھا دھڑ باہر نکالے ایک عورت نے ٹھوڑی پہ انگلی رکھ کر آواز دی۔۔۔

"اے شانتی! سُنا تم نے اب تو وناسپتی گھی بھی نہیں مل رہا۔۔۔ آج سبزی

تیل میں پکائی ہے۔"

مجھے یاد آرہا ہے۔ صرف تین سال پہلے، جب اِس شہر میں وناسپتی گھی نیا نیا ہی داخل ہوا تھا، تو کمپنی کی مشہوری کے لئے بازار میں وناسپتی کے پکوان بنائے گئے تھے ۔ اور لوگوں کو پکڑ پکڑ کے چکھائے گئے تھے ۔ اور پھر لارڈ کلایو کی کمپنی کی طرح وناسپتی کمپنی نے شہر کو اپنا غلام بنا دیا۔ اب اِس غلام زادے کو ایک بار پھر نیلام پر چڑھایا جارہا تھا۔

لعنت بھیجو! بات اصل میں ہنڈیا کی ہو رہی تھی، جو دھیمی دھیمی آنچ پر پک رہی تھی۔ جانے اس ہنڈیا میں اُبال کیوں نہیں آرہا ہے۔

گرمی بہت تیز ہو گئی ہے۔ دیواروں کو پسینہ آرہا ہے۔

"اے کاکا! یہ پنجی لے کر ایک کلو برف تو لے آ۔ حلق سوکھ رہا ہے پیاس کے مارے۔"

"ایک کلو برف؟ پانچ پیسے میں؟ خود ہی جاکے لے آؤ بابو۔ ہمیں تو بیس پیسے میں ملتی ہے۔"

"کیا بکواس کر رہے ہو۔ ابھی صبح ہی تو میں پانچ پیسے میں ایک کلو لے آیا تھا۔"

"بابو! اِس ٹیم دوپہر ہے ۔ صبح سے دوپہر تک تو آدمی منسٹر بن جاتا ہے۔"

بابو افلاطونی ہے، کاکے کی بات اس کی سمجھ میں ابھی تک نہیں آرہی ہے۔ سمجھ سمجھ کا پھیر ہے۔ یا ہیر پھیر ہے۔ کچھ سمجھ میں نہیں آتا ۔ اور گرمی ہے کہ الاماں! اُونٹوں کے کوہان سوکھ گئے ہیں۔ اور اُوپر مٹیالا سا، یرقان کے مریض کے چہرے جیسا آسمان اور آوارہ چیلیں ۔ تیز عقابی نظریں مٹیالی فضا کے پرتوں کو چیر کر کھوج رہی ہیں، ٹٹول رہی ہیں۔ تلاش کر رہی ہیں۔ کہیں کوئی چڑیا کا بچہ تو نہیں ہمکتا۔ کہیں کسی انڈے سے کوئی چوزہ تو نہیں باہر آیا۔ کہیں کسی بِل سے کوئی چوہا تو نہیں جھانک رہا۔

ہائے! جانے کس جادوگر نے زندگی کو انڈے کے خول میں بند کرکے اِسے اُبلنے کے لئے آنچ پر رکھ دیا ہے۔

وہ اُدھر کوئی دروازہ چرچرایا۔ سیڑھیوں پر سیتا کھڑی رام کو جاتے ہوئے

دیکھ رہی ہے۔ آنکھوں کے گرد سیاہ حلقے ہیں۔ بالوں کے ڈھیلے ڈھالے جوڑے میں پاکیزگی کی خوشبو مچل رہی ہے، ماتھے پر سہاگ کی نشانی ایک لال رنگ کے گول نئے پیسے کی طرح دمک رہی ہے۔ اس نئے پیسے کی وقعت کیا ہے۔ معمولی سی ساڑھی تو دو سال کی کفایت شعاری سے حاصل ہوتی ہے۔ جانے ایک آدھ گرہ کپڑے کا بلاؤز خریدنے کے لئے کتنے سوار مانوں کا، کتنی ہزار خوشیوں کا، کتنی لاکھ تمناؤں کا خون کرنا پڑتا ہے۔

یہ کس جلد ساز سے بنوائی ہیں ۔۔ رام کی چپلیں دیکھ کر اس کا ساتھی لچھمن اس سے پوچھ رہا ہے ۔۔ اور رام آکاش کی گدلی گدلی فضاؤں میں ٹھنڈی تخ بستہ بارش کی دو بوندیں تلاش کر رہا ہے ۔۔ مگر آسمان تو چیلوں کی اڑان سے جھنجھنا رہا ہے ۔۔ کالی چیلیں، گوری چیلیں۔ چیلیں جن کے گوداموں میں چاول پڑے ہیں، چیلیں جن کے قبضے میں دالیں ہیں۔ چیلیں جن کے پنجوں میں ملک بھر کی تمام کپاس الجھ گئی ہے۔

اس راج پاٹ سے تو بن باس ہی اچھا تھا ۔۔ سیاسی گفتگو کرنا منع ہے۔ بس کی اندر والی دیوار پر لکھا ہے ۔۔ جانے یہ کنڈکٹر وسل کیوں نہیں دیتا۔

شنکر بابو! ایٹم بم بنانے کے سوا کوئی چارہ نہیں ہے۔ ایک نہیں ہمیں سو ایٹم بم بنانے چاہئیں۔ اس کے لئے چاہے ہم لوگوں کو ایک ایک ٹائم کا کھانا کیوں نہ چھوڑنا پڑے۔ میں کہاں جاؤں؟ کیا کروں؟ میں اور میری گھر والی اور ہمارے تین بچے تو پچھلے نو برس سے صرف ایک ہی ٹائم کھانا کھاتے ہیں۔ گھسیٹا گودی مزدور اپنا سر کھجا کھجا کر سوچ رہا ہے ۔۔

ہاں تو شنکر بابو! ہماری تمام سمسیاؤں کا صرف ایک ہی حل ہے، اور وہ ہے ایٹم بم ۔۔ میں کہتا ہوں میری آدھی تنخواہ لے جاؤ، مگر مجھے ایٹم بم دے دو۔

مگر شنکر بابو پریشان ہے۔ وہ اپنے ساتھی کے کان میں کہتا ہے ۔۔ یار! کہیں سے ایک بوتل گھاسلیٹ کا تو انتظام کرا دو۔

ایٹم بم اور مٹی کا تیل ۔۔ ایک کہاں یہ تو دو دو سمسیائیں ہیں۔

گلی کے پار ایک مکان کی بالکنی سے آدھا دھڑ باہر نکالے ایک عورت اپنی ہتھیلیوں

سے اپنی آنکھیں ملتی ہوئی کہہ رہی ہے۔

اے شانتی! دیکھا تم نے یہ اپلے موے جلنے کا نام نہیں لیتے۔ آنکھوں کی روشنی کھا جاتے ہیں۔

جانے یہ عورت ہر سمیا کے بعد بالکنی سے آدھا دھڑ باہر نکالے شانتی کو کیوں پکارتی ہے۔ جانے اس عورت کا چہرہ صاف کیوں نہیں دکھائی دیتا۔ کسی اوورسیر کی بیوی تو نہیں لگتی۔ جس کی تنخواہ ڈیڑھ سو روپیہ ہوتی ہے اور جو ایک شام کو سو روپے کی شراب پیتے اور پلاتے ہیں۔ کسی بنئے کی دھرم پتنی بھی نہیں لگتی، جو کھدر کا کرتا اور پیجامہ پہن کر اپنی ہٹی پر بیٹھتا ہے اور ہر دیہاتی سے ہر مزدور سے روپیہ کی جگہ ڈیڑھ لیکر کلو کی جگہ آٹھ سو گرام دیدیتا ہے۔ کسی سمگلر کی مسز بھی نہیں لگتی جو دو لاکھ کا مندر بنوا دیتا ہے اور مورتی کے نیچے دس لاکھ کا سونا چھپا دیتا ہے۔

کسی سول سروس کے افسر کی مادام بھی نہیں لگتی، جو بیوی کے نام پر دو لائنی فرموں کے شیئر خرید لیتا ہے اور اپنے نام پر ان فرموں کو سرکار سے قرضے دلوا دیتا ہے۔

کسی مل مالک کی للائن بھی نہیں لگتی، جو سرکار سے اسٹیل کا کوٹہ حاصل کر کے اسے چور بازار میں فروخت کر دیتا ہے۔

آخر یہ عورت کون ہے؟

آج ہوا اسقدر بند کیوں ہے؟

ہر چیز اُبل رہی ہے۔ دھیمی دھیمی آنچ پر۔ اور چیلیں سروں پر منڈلا رہی ہیں۔

اے لو! چیل نے جھپٹا مارا اور پانی کی سطح پر سے ایک چھوٹی سی مچھلی کو اٹھا کر لے گئی۔

مورخوں کا کہنا ہے کہ جب سومناتھ کا مندر محمود غزنوی نے بیدردی سے لوٹا تو بے بس پجاری صرف ٹکر ٹکر دیکھتے رہے۔ سکندر کے بارے میں کہا گیا کہ وہ آندھی کی طرح آیا اور بگولے کی طرح چلا گیا۔

سکندر بھی چلا گیا اور ایران کا وہ جیالا محمود بھی چلا گیا، مگر ڈاکٹر دھرم داس ورما ابھی تک گلی کے ناکے پر اپنی دُکان سجائے بیٹھا ہے۔ مورخوں کا ہی کہنا ہے کہ دھرم داس فسادات سے ایک سال اُدھر تک گلگت میں محکمہ مال کا پٹواری تھا ـــ اور فسادات کے دوران ایک گلگتی عورت سے دل لگی کرنے کے جرم میں برطرف کیا گیا تھا ـــ اور وہ بھگوڑے کی طرح وہاں سے چلا آیا تھا۔ آج کل یہ گلی کے ناکے پر اپنی دُکان میں بیٹھا تمام لوگوں سے دل لگی کرتا ہے۔ سابقہ پٹواری دھرم داس ورما حال کا ڈاکٹر دھرم داس ورما ہے اور جنتا کی سیوا کر رہا ہے۔ نتیجہ تین مکان، دو دُکانیں، ایک موٹر گاڑی ـــ اور سات عورتوں، نو بچوں اور دو مردوں کی بے وقت موت۔ اور آگے چل کر مورخ لکھتے ہیں کہ ـــ جب سومناتھ کا مندر لوٹا ـــ مگر جانے ڈاکٹر دھرم داس ورما کے بارے میں کب مورخ لکھیں۔

اُف! اُس دُکان میں کتنا حبس ہے۔ جیسے ایک ساتھ کئی یم دوت گلا گھونٹ رہے ہوں۔

بے بس بچاریوں کی سنتان صرف ٹکر ٹکر دیکھتی رہتی ہے ـــ دیکھتی رہتی ہے۔

سرکار مائی باپ میرا نام تو شام ناتھ ہے، میں پنڈت منسارام کا ایک معمولی دکاندار ہوں۔ قتل سُنا ہے سو میل دُور پنڈت ٹھاکر لال جی ہوا تھا، پولیس خونی کی تلاش کر رہی ہے ـــ میں شہر دکان کے لئے سودا سُلف لانے آیا ہوں، تو مجھے پکڑ کے یہاں لے آتے ہیں ـــ میں نے کوئی جرم نہیں کیا ہے مائی باپ مجھے خواہ مخواہ بازار میں سے پکڑ کے لایا گیا ہے۔

اے بڈھے! چُپ رہ۔ بھگوان کے گھر میں کھپ ڈالتا ہے ـــ یہاں دیر ہے اندھیر نہیں ہے ـــ مگر حضور مائی باپ ـــ دیکھو قتل ہوا ہے۔ قتل کا مقدمہ بھی پیش ہوا ہے۔ پھانسی تو کسی نہ کسی کو ملنی ہی چاہیئے۔

مگر سرکار مائی باپ میں شام ناتھ ہوں ـــ میں پنڈت منسارام کا پنساری ہوں ـــ

اُف! یہ مٹیالا سا گدلا گدلا سا جال، جو آسمان کے ایک کونے سے دوسرے

کونے تک تن گیا ہے۔ کتنی گھٹن ہے۔ ہوا کا ایک جھونکا نہیں۔ پانی کی ایک بوند نہیں، روٹی کا ایک نوالہ نہیں، کپڑے کا ایک ٹکڑا نہیں۔

سُنا ہے آج بادشاہ سلامت کی تاجپوشی ہے۔ اسکول کے بچے بچیوں میں مٹھائی تقسیم ہوئی ہے۔ نانکو سنیارے کا کہنا ہے کہ اُس نے خود دینو حلوائی اور سرکاری کرمچاری کی باتیں سُنی ہیں۔ دینو کہہ رہا تھا آٹھ سو دوں گا۔ کرمچاری کہہ رہا تھا ہزار لوں گا۔ وہی ننانوے اور سو کا پھیر۔ چپ رہ نانکو سنیارے، تیرے ایک جوان بیٹے نے تو پہلے ہی خودکشی کی ہے۔ بُڈھا کھوسٹ! ستر برس کا ہو گیا مگر عقل ابھی تک نہیں آئی۔ یہ سرکاری باتیں بھلا تو کیا جانے؟

گلی کے پار ایک مکان کی بالکنی سے آدھا دھڑ باہر نکالے ایک عورت روپے کا نوٹ ہاتھ میں لے کر حسرت سے پُکار رہی ہے۔

لے شانتی! سُنا تم نے۔ اب تو اس نوٹ کی قیمت صرف چالیس اور تین پیسے رہ گئی ہے۔ کل تک تو سو پیسے تھی۔

اُف! یہ عورت تو مجھے پاگل کر دے گی۔ جانے کون ہے؟ کس کی بیوی ہے؟ چڑیل لگتی ہے۔ ابھی چھ مہینے پہلے تک کتنی سُندر لگتی تھی۔ بال سنوارے، ہونٹ اخروٹ کے چھلکوں سے لال کئے۔ آنکھوں میں کجرے کی ہلکی سی تحریریں ڈالے۔ جوڑے میں موتیے کا ہار سجائے۔ تب تو یہ بالکنی سے آدھا دھڑ باہر نکالے شاذونادر ہی شانتی کو پُکارتی تھی۔ اب جانے کیا ہو گیا ہے اِسے۔ بال اُلجھے ہوئے، ہونٹوں پر پپڑیاں جمی ہوئیں، آنکھیں لال۔ چہرے کی ہڈیاں اُبھری ہوئیں۔ جیسے جسم میں ایک بوند لہو بھی باقی نہ رہ گیا ہو۔ بہت بجھی بجھی سی، نڈھال سی، پژمردہ سی چال میں آکر بالکنی پر کھڑی ہو جاتی ہے۔ اور حسرت کی ایک نظر ارد گرد ڈال کر آہ بھرتی ہے۔

یہ عورت ضرور کوئی جادوگرنی ہے۔ میں یہ کھڑکی ہی بند کر لیتا ہوں۔ نہ رہے گا بانس اور نہ بجے گی بانسری۔ دیوار پر لگا ہوا جھیل کی تصویر والا کلنڈر ساکت ہے۔ جب میں پانچ سال کا تھا تو اپنے باپ کی اُنگلی پکڑ کر میں اِس جھیل پر سیر کرنے

جایا کرتا تھا۔ آج کل اِس جھیل پر صرف امریکی ٹورسٹ جاتے ہیں۔۔ دیش واسیوں اور کتوں کا داخلہ بند ہے۔

ماسٹر جی! جنتا کسے کہتے ہیں۔۔ کوئی نادان بچہ اپنے اُستاد سے پوچھ رہا ہے۔

"جنتا؟ ارے تجھے جنتا کے معنی نہیں آتے۔۔ جنتا اُس طاقت کو کہتے ہیں جس سے ریل کا انجن چلتا ہے، ہوائی جہاز کا پروپیلر گھومتا ہے، راکٹ کا بدن کا بتا ہے۔ چاند کی دھرتی ناچتی ہے۔۔ دُنیا کا نظام قایم رہتا ہے۔۔

مگر میرے بچے، جنتا کے یہ معنی دس ہزار برس پہلے کے لکھے ہوئے قلمی نسخوں میں درج ہیں۔۔ بعد میں بڑے بڑے وِدوانوں نے کھوج کرکے پتہ چلا لیا ہے کہ سرخاب کی طرح جنتا نام کا بھی کوئی جانور حقیقی نہیں ہے۔۔ کبھی ہوا کرتا تھا۔۔ مگر بعد میں اس جانور کی بے پناہ طاقت سے گھبرا کر اِسے بوتل میں بند کر دیا گیا تھا اور ہمالیہ کی ترائی میں کسی غار میں پھینکا گیا تھا۔۔

ہائے! یہ دُھواں دھواں سی آنچ۔۔ یہ گدلا گدلا سا رنگ۔۔ یہ مٹیالی سی آسمان کی ہنڈیا۔۔ اُبال کیوں نہیں آتا۔۔ میرے خدا؟ کہیں تم ایک بار پھر اِس دھرتی پر جنم لینے کی تو نہیں سوچ رہے؟ ایسا غضب مت کرنا، نہیں تو تمہیں بھی میری طرح اپنے آپ سے نفرت ہو جائے گی۔۔

ہاں! شدید نفرت۔ اِس آسمان سے نفرت، اِس زمین سے نفرت، اِس گھٹن سے نفرت، اِن چیلوں سے نفرت۔۔ اور تمہاری قسم یہ نفرت بالکل اصلی ہے، ملاوٹ سے پاک، پورے وزن کی۔۔ کسی دن اِس نفرت سے تنگ آکر میں تمہیں بھول جاؤں تو کیا ہوگا؟ تمہاری یہ قائم کی ہوئی سرشٹی، تمہارے یہ تخلیق کئے ہوئے لوگ۔ خوبصورت دل والے۔ ایسے لوگ جنہیں تم نے اتنے پیار سے بنایا ہے۔۔ جنہیں میں نے اتنا پیار کیا ہے۔ دیکھتے کیا ہو بڑھاؤ ہاتھ اور ہمالیہ کی ترائی میں اُس غار سے وہ بوتل نکالو، جس میں جنتا کو بند کیا گیا تھا۔۔ اُڑا دو کاگ اس بوتل کا •••

تیرا آنچل میرا دامن

نرس!

نرس! یہ ٹمک بجنے کی آواز کہاں سے آ رہی ہے؟ ارے! تم ٹمک نہیں جانتیں؟ تم نے کوئی پہاڑی میلہ نہیں دیکھا ہے کیا؟ اوہ! تب تم نہیں سمجھو گی۔ بہت دنوں کے بعد یہ آواز سُن رہا ہوں۔ جیسے کوئی دل کے دریچے پر دستک دے رہا ہو۔ کون ہو سکتا ہے یہ نرس؟

اب تو مدت ہوئی جب میں نے اِن دریچوں کو بند کیا تھا۔

جانتا ہوں کہ ڈاکٹر نے مجھے زیادہ بولنے سے منع کیا ہے۔ میں بھی کبھی اپنے مریضوں کو زیادہ بولنے سے منع کرتا تھا۔ لیکن پھر بھی کئی مریض بولتے رہتے تھے۔ بولتے رہتے تھے۔

"ہشت! تم خاموش رہو نرس! اِس آواز کو سُنو۔ یہ آواز بہت دُور سے آ رہی ہے۔ ہماچل کے وشال آنچل تلے، اُن ہرے بھرے درختوں کے بیچ میں، اُن کل کل کرتی ہوئی ندیوں کے اُس پار پھیلے ہوئے کھیتوں کے دامن کے ساتھ ساتھ بسے ہوئے اُس البیلے گاؤں سے۔

ارے نہیں نرس! تم نے خود غلط سمجھا ہے۔ ڈاکٹر کمل نے مجھے نہیں تمہیں زیادہ بولنے منع کیا ہے۔ تم زیادہ مت بولو۔ لو میں تمہیں ایک رومن دیومالا کی کہانی سُناتا ہوں ـــــ کہتے ہیں، ایک دن دھرتی کی دیوی سیریز کی بیٹی پروزرپینا ـــــ کیا کہتی ہو؟ میرے دل کی حالت تسلی بخش نہیں ہے؟ پگلی! میرے دل کی حالت ایک مدت سے تسلی بخش نہیں ہے۔ پھر میں زندہ کیسے رہا؟ کس اُمید پر؟ کس ارمان کے سہارے؟ کوئی بہار نہیں تھی زندگی میں۔ کوئی خوشبو نہیں تھی۔ کوئی پھولوں کا رنگ رُوپ نہیں تھا۔ بہاروں کی شہزادی کو تو بہت دن پہلے موت کا دیوتا اُڑا لے گیا تھا۔ اب صرف ایک بھیانک خزاں ہے۔ سارے ارمان سوکھے پتوں کی طرح جھڑ گئے ہیں۔ جانتی ہو؟ اُس کا نام شانو تھا۔ وہ جب سانس لیتی تھی تو دیودار کے جنگلوں کی مسحور کن خوشبو ساری فضا پر چھا جاتی تھی وہ جب بولتی تھی تو بہتے جھرنوں کی موسیقی کانوں میں رس گھولنے لگتی تھی۔ پھیلے ہوئے کھیتوں کی جوانی کی طرح وہ باوقار تھی۔ گمبھیر تھی، وشال تھی۔ اور میں ایک ننھا سا پودا تھا، اِس لئے اُس سر بلند دیودار کے سائے میں پنپ نہ سکا۔

نرس کہتے ہیں دُنیا بہت وسیع ہے۔ وقت بہت جلد بیت جاتا ہے۔ لیکن نہ جانے کیوں میرے لئے دُنیا بہت چھوٹی سی بن گئی ہے، رائی کے دانے کے برابر۔ نہ جانے کیوں میرے لئے وقت اتنا لمبا ہوگیا ہے۔ وہی ایک چھوٹا سا گاؤں ہے، جہاں میں رہ رہ کر ٹھہر ٹھہر کر پھر لوٹ کے جاتا ہوں۔ لیکن صرف خیال ہی خیال میں۔

مجھے پہلی بار وہاں ڈاکٹر بنا کے بھیجا گیا تھا۔ جس دن میں وہاں پہنچا، وہاں چھنج کا میلہ لگا ہوا تھا۔ دُور سے مجھے ٹمک بجنے کی آواز آئی، دھم دھپ، دھم دھپ، دھم دھپ!

"یہ کیسی آواز آرہی ہے بنواری لال؟"

میں نے کمپونڈر سے پوچھا، جو اڈے پر مجھے لینے آیا تھا۔

"یہ ٹمک بجنے کی آواز آرہی ہے ڈاکٹر صاحب! یہاں دو دن سے میلہ لگا ہوا ہے۔ ابھی دو دن اور چلے گا۔"

"کیسا میلہ۔۔؟"

"کشتیوں کا۔ آس پاس کے گاؤں سے پہلوان کشتی کے مقابلے میں حصہ لینے آئے ہیں کل آپ کو دکھانے لے چلوں گا۔"

"نہیں بنواری لال۔ آج ہی چلتے ہیں۔" میں نے کہا اور قلی سے سامان اسپتال پہنچانے کے لئے کہہ کر ہم میلہ دیکھنے گئے۔ ایک چھوٹا سا میدان تھا، جس کے ایک طرف کریوا تھا اور دوسری طرف ایک ٹیلہ۔ میدان میں ایک اکھاڑہ بنایا گیا تھا۔ کریوا پر عورتیں بیٹھی ہوئی تھیں اور ٹیلے پر مرد۔ کچھ لوگ اکھاڑے کے گرد کھڑے تھے۔ میں نے اکھاڑے سے ٹیلے تک اور پھر ٹیلے سے کریوا تک ایک چھلتی نظر ڈالی۔ رنگ برنگی قمیضوں، شلواروں، صافوں اور دوپٹوں کا ایک سیلاب سا نگاہ کے دائرے میں آ گیا۔ بھولی بھالی صورتیں، سہمے سہمے سے چہرے، طرح طرح کی آنکھیں۔ کوئی بچہ تالی بجا رہا تھا، کوئی آمی چاٹ کھا رہا تھا، کوئی عورت کانچ کی چوڑیاں پہن رہی تھی۔ اِدھر آنچل ڈھلکا، اُدھر چادر سرکی۔ لو وہ پہلوان چاروں شانے چت گرا۔ تالیوں کی آواز گونجی۔ کوئی موتیوں کی لڑی دمک گئی۔ قوسِ قزح کے رنگ۔ اور دیکھتے دیکھتے اچانک مجھے دو آنکھیں نظر آئیں۔ کریوا پر چمکتی ہوئی سینکڑوں آنکھوں میں سے صرف دو آنکھیں! اُن آنکھوں میں ایک عجیب چمک تھی۔ ایک وحشی سی چمک۔ دانت گنّے کو چھیل رہے تھے۔ بازوؤں کی گولائیاں نئی کانچ کی چوڑیوں کو سہلا رہی تھیں۔ کانوں کے بُندے دھیرے دھیرے ہل رہے تھے۔ دیکھتے ہی دیکھتے ساری چیزیں دُھندلا گئیں اور صرف دو آنکھیں باقی رہ گئیں۔ وہ وحشی سی آنکھیں! ادھ ہلتے ہوئے بُندے! ہونٹوں کے کونے گنّے کے رس میں ڈوبے ہوئے کشتی ختم ہو گئی۔ لوگ اپنی اپنی جگہوں سے اٹھنے لگے۔ پاؤں حرکت کرنے لگے۔ ننگے پاؤں، میلے پاؤں۔ نئی چپلیں، پرانے جوتے، مہندی سے رنگے ہوئے پاؤں، گرد سے اٹے ہوئے پاؤں۔ پھر دو جھانجنیں نظر آئیں۔ پاؤں حرکت کرنے لگے، جھانجنیں بجنے لگیں۔ چھم چھم، چھم چھم!

یہ شانو تھی، مکھیا کی بیٹی۔

شام کو اپنی چارپائی پر پڑے پڑے میں نے سوچا مجھے یہاں بیماروں کا علاج کرنے کے لئے بھیجا گیا تھا۔ لیکن میں آتے ہی خود بیمار ہو گیا! اب ڈاکٹری کیسے چلے گی؟

ایک دن اُسے بازار میں دیکھا۔ چھوٹا سا بازار تھا، چھوٹی چھوٹی دکانیں تھیں وہ بے پروائی سے جا رہی تھی۔ ہاتھ میں گھڑیا لئے ـــــ میں نے دل میں کہا، اس کی کیا ضرورت تھی۔

ایک دن اُسے جھرنے کے کنارے دیکھا۔ پاؤں پانی میں ڈالے بیٹھی دانتوں سے ناخن کاٹ رہی تھی۔ میری طرف دیکھ کر ناک بھوں چڑھائی۔ میں نے دل میں کہا، اتنا غرور!

ایک بار جاتے کی جھاڑیوں کے بیچ میں چل رہی تھی، ہاتھ میں ایک لمبی لاٹھی لئے۔ میں کسی مریض کو دیکھ کر آ رہا تھا۔ جب وہ بالکل سامنے پہنچی تو میری سانس رک گئی ـــــ

"کیا دیکھ رہے ہو ڈاگدر بابو! پہلے کبھی لڑکی نہیں دیکھی ہے؟" میں اِس اچانک حملے سے بوکھلا گیا۔ میں نے نفی میں سر ہلایا۔ وہ کھلکھلا کر ہنس پڑی۔ میں پسینے میں شرابور ہو گیا۔

ارے! یہ تم کیا کر رہی ہو نرس؟ میرا ماتھا کیوں پونچھ رہی ہو؟ ـــــ وہ پسینہ اور تھا، یہ پسینہ اور ہے۔ میں جانتا ہوں اِس پسینے کے معنی کیا ہیں۔ اِسے بہنے دو نرس۔ اِسے بہنے دو۔

ایک دن چشمے پر ملی۔ میں نہانے گیا تھا۔ اُس کی طرف دیکھا تو نہانا بھول گیا۔
"مجھے دیکھ کر تمہارے ہاتھ پاؤں کیوں بھول جاتے ہیں ڈاگدر بابو! جاؤ میدانوں سے ایک دُلہن لے آؤ، پھر سب ٹھیک ہو جاتے گا۔" اُس نے مُنہ بنا کر کہا اور میں چشمے کی گہرائی کا اندازہ کرنے لگا۔

"ڈاکٹر صاحب! شانو بڑی مُنہ پھٹ لڑکی ہے۔ کسی کی عزّت کا خیال نہیں کرتی۔ لعنت بھیجئے"

ایک دن کمپونڈر رنبواری لال نے کہا۔ تو کیا میں محبّت کا جیتا جاگتا اشتہار بن گیا ہوں۔ تو کیا اب میرے دل کا حال میرا کمپونڈر بھی جان گیا ہے؟ اُس رات میں نے واقعی اپنے وجود پر لعنت بھیجی۔ کئی دن ہسپتال سے باہر نہیں آیا۔۔۔۔ ایک دن جب میں ہسپتال میں مریضوں کو دیکھ رہا تھا تو شانو آکر سامنے اسٹول پر بیٹھ گئی۔

"ڈاگدر بابو! کل رات سے بڑا زُکام ہے۔ کھانسی آتی ہے اور رات کو نیند بھی نہیں آتی"

میں نے نبض ٹٹولی۔ لیکن میرا ہاتھ کانپنے لگا۔ میری اپنی نبض ڈوبنے لگی۔ اُس نے غضبناک نگاہوں سے میری طرف دیکھا اور جھٹک کر بازو میرے ہاتھ سے چھڑایا۔

"شرم نہیں آتی؟" اُس نے نفرت سے کہا۔

"شانو" میں نے دھیرے سے التجا کی۔ اُف! وہ کمپونڈر رنبواری لال دُور کھڑا ہنس رہا ہے۔ میرے ماتھے پر پسینے کی بوندیں عیاں ہوگئیں۔ کئی لمحے گذر گئے۔ کئی جان لیوا لمحے!

"ڈاگدر بابو! مجھ سے شادی کروگے۔۔۔؟" اچانک اُس نے پوچھا۔ میرے کانوں میں چھوٹی چھوٹی چاندی کی گھنٹیاں بجنے لگیں۔۔۔ میں نے اُس کی طرف دیکھا لیکن اُس نے فوراً نگاہیں نیچی کرلیں۔ میں نے دیکھا اُس کا ہاتھ اُس کی گود میں کانپ رہا تھا۔ اُس کے گالوں پر جیسے شفق اُتر آئی تھی۔ حیا اور شرم کا ایک حریری آنچل اُس کے ماتھے پر ڈھلک آیا تھا۔

"ہاں شانو" میں نے تھرتھراتی آواز میں کہا۔۔۔

"تو چلو بابا کے پاس" اُس نے کہا اور ایک ہی جست لگاکے کمرے سے

بھاگ گئی۔

پھر اُسی دروازے سے بہار چپکے سے آ کر میری زندگی میں داخل ہو گئی۔ کونپلیں پھوٹیں۔ پھول کھِلے۔ ہماچل کی گھاٹیاں جوان ہو گئیں۔ چائے کے باغات مہک سے بھر گئے۔۔۔ دودھ بھری آنکھوں کا خمار فضا پر چھا گیا۔ بالوں کی گھٹائیں فضا کے شانوں پر گر آئیں۔۔۔ بازوؤں کی گولائیوں نے دھرتی کی وسعت اپنے حلقوں میں بھر لی۔ جھرنوں نے اپنی ساری موسیقی میرے اور شانو کے لئے وقف کر دی۔

"شانو! یہ فصلیں کیوں نہیں پکتیں۔"

"ارے ڈاگدر بابو فصلیں ابھی دیر میں پکیں گی۔"

"پھر تیری میری شادی بھی دیر ہی میں ہو گی۔۔۔"

"بڑے بے شرم ہو جی!"

اوپر آسمان پر چاند کے چہرے کو بدلی نے ڈھک لیا۔

"شانو! تمہیں میں شہر لے چلوں گا۔ شہر میں بہت اچھی چیزیں ہوتی ہیں۔"

"ارے ڈاکٹر جی! شہر میں کیا اچھی چیزیں ہوں گی۔ تم سے اچھی چیز اور کیا ہو سکتی ہے۔"

شفق کے گالوں پر لالیاں کھنڈنے لگیں۔

"شانو! میں تم سے اتنا پیار کرتا ہوں اور تم صرف جلی کٹی سناتی ہو۔"

"ڈاکٹر! پیار جتلانے والی بات تو نہیں ہوتی، دل میں رکھنے والی بات ہوتی ہے۔ اگر میں کبھی بیمار ہو جاؤں، تو میرے دل کا آپریشن کرنے کے بعد خود دیکھ لینا۔"

نرس! وہ اِس صدی کے بہترین دن تھے۔ وہ ہماچل کی تاریخ کے بہترین دن تھے۔ ارے! تم یہ بار بار میرے ماتھے کو اور میری ناک کو چھو کر کیا دیکھ رہی ہو؟ مجھے کچھ نہیں ہوا ہے کہیں میں بہکی بہکی باتیں تو نہیں کر رہا ہوں۔ یہ تم میری نبض کیوں

دیکھ رہی ہو؟ پگلی!

یہ گھڑی گھڑی بیمار کی نبض دیکھنا اچھا نہیں ہوتا۔

اچھا مجھے یہ بات پوری کرنے دو پھر میں نہیں بولوں گا۔

ہاں تو میں کہہ رہا تھا کہ وہ دن ہماچل کی تاریخ کے سنہرے دن تھے۔ فصلیں پکنے لگیں تو گاؤں میں چھنج کے میلے کی تیاریاں ایک بار پھر ہونے لگیں۔ پہلوان اکھاڑے میں ڈنڈ پیلنے لگے، کنگن چوڑیاں بیچنے والے اپنے تنبو مرمّت کرنے لگے۔ ٹمک کے ڈھولوں پر نئے چمڑے منڈھے جانے لگے۔ پہلوانوں کو نیوتے گئے۔ آس پاس کے سارے گاؤں اپنے اپنے پہلوانوں کی پیٹھ ٹھونکنے لگے۔ میلہ لگنے میں صرف چند روز باقی رہ گئے تھے کہ گاؤں کا پہلوان فتح چند آنکھیں پھیرنے لگا۔

"سرپنچ جی میں اکیلے اکھاڑے میں نہیں اُتروں گا۔"

"یہ نہیں ہو سکتا فتح چند یہ گاؤں کی عزّت کا سوال ہے۔"

"نہیں سرپنچ جی! سال میں ایک بار یہاں لوگوں کو میری موجودگی کا احساس ہوتا ہے۔ باقی وقت میں کوئی یہ بھی نہیں پوچھتا کہ فتو تم زندہ ہو کہ مر گئے۔"

فتح چند اکڑ گیا۔ گاؤں والے منّت سماجت کرنے لگے۔ مکھیا الگ پریشان تھا پنچایت والے الگ پریشان تھے۔ آخر فتح چند نے کہا کہ وہ ایک شرط پر اکھاڑے میں اُترے گا۔

"ہمیں ساری شرطیں منظور ہیں۔" سرپنچ نے وعدہ کیا۔

"میری شرط یہ ہے کہ میری شادی کرا دیجئے۔"

"ضرور کرا دیں گے۔ جس لڑکی سے تم چاہو گے، اُس سے کرا دیں گے۔ بھلا یہ بھی کوئی بات ہوئی۔"

"تو پھر میری شادی شانو سے پکّی کرا دیجئے۔"

دھم سے آسمان دھرتی پر گر آیا۔ مکھیا نے صاف انکار کیا۔ شانو نے غصے سے اپنے

ہونٹ کاٹ لئے۔ میرے دل پر ساری پہاڑیوں کا بوجھ آن گرا۔ اُس دن میں شانو سے ملنے گیا۔ وہ زخمی شیرنی کی طرح بل کھا رہی تھی۔

"میں کچا چبا جاؤں گی! میں زندہ جلا دوں گی! میں مُنہ نوچ لوں گی۔۔۔!"

میلے میں صرف ایک دن باقی رہ گیا۔ فتح چند کو سمجھایا گیا، دھمکایا گیا۔ فضا تنی ہوئی کمان کی طرح اکڑ گئی ۔۔۔۔ آخر مکھیا نے ہتھیار ڈال دیئے۔ سرپنچ دیر تک شانو کو سمجھاتا رہا۔

"ڈاکٹر صاحب! ڈاکٹر صاحب غضب ہو گیا۔ شانو مان گئی ۔۔۔!"

بنواری لال کمپونڈر شام کو ہانپتا کانپتا خبر لایا۔ مجھے محسوس ہوا جیسے میرے دل میں کوئی رگ ہلکی سی آواز پیدا کر کے کٹ گئی ۔۔۔ گرتے پڑتے میں شانو سے ملنے گیا۔

"ڈاگدر بابو! سرپنچ کہہ رہا تھا اگر میں تم سے شادی کروں گی، تو صرف تمہارے اور میرے پیار کا بھرم قایم رہے گا ۔۔۔ اور اگر میں فتو سے شادی کروں گی تو سارے گاؤں کا بھرم قائم رہے گا ۔۔۔ میں ۔۔۔ میں ۔۔۔"

شانو کی ہچکیاں بندھ گئیں۔ میرے کان بہرے ہو گئے۔ میری آنکھیں اندھی ہو گئیں میں وہاں سے بھاگ آیا۔

"ڈاکٹر صاحب! مت جاؤ۔ فتو کشتی نہیں جیتے گا۔ میں ابھی جا کر اُسے سنکھیا کا انجکشن دے آؤں گا۔ میں اُسے پھانسی پر لٹکا دوں گا ۔۔۔ تم مت جاؤ ڈاکٹر ۔۔۔ مت جاؤ ۔۔۔!" لیکن بنواری لال کمپونڈر کے آنسوؤں کی روشنی میں، میں اُس گاؤں سے بھاگ آیا۔ میں نے بازی ہاری تھی نرس! اب وہاں رہ کر کیا کرتا۔ ارے! تم پھر میری نبض دیکھ رہی ہو؟ پگلی میری نبض تو پانچ منٹ پہلے کٹ گئی ہے اب مجھے صرف تمہارا ہیولا نظر آ رہا ہے۔ دُھندلا سا۔ بس اب چلا چلی ہے۔

تم نہیں جانتیں نرس، یہ بیس سال میں نے انگاروں پر لوٹ کے کاٹے ہیں۔

بہت سخت جان ہوں۔ آسانی سے نہیں مر سکتا۔ جانتی ہو کیا ہوا؟ دو دن پہلے سڑک پر مجھے اچانک بنواری لال کمپونڈر ملا۔ میں نے پہچانا نہیں۔ کیسے پہچانتا؟ بیس سال ہوگئے تھے اُسے دیکھے ہوئے۔

"ڈاکٹر گنگولی!" اُس نے آواز دی۔ میں نے آواز پہچان لی۔

"ارے بنواری لال تم ــ؟

" ارے ڈاکٹر صاحب! بڑے بزدل ہو۔ تم نے مہاپاپ کیا ہے!" اُس کی آنکھیں بھر آئیں۔

"کیا کہہ رہے ہو بنواری لال؟" میں نے تعجب سے پوچھا۔

"ٹھیک کہہ رہا ہوں ڈاکٹر ــ! تم نے اُسے تباہ کردیا۔ برباد کردیا۔ وہ اب بھی کریوا پر بیٹھی تمہارا انتظار کر رہی ہے۔ آہٹ سنتی ہے تو کہتی ہے ڈاکٹر بابو آگئے ــ!!"

"کیا کہہ رہے ہو بنواری لال ــ؟ کیسی بہکی بہکی باتیں کر رہے ہو۔ تم کس کی بات کرتے ہو؟"

"شانو کی بات کر رہا ہوں ڈاکٹر! فتح چند سے اُس کی شادی نہیں ہو سکی تھی۔ فتو کشتی ہار گیا تھا نا ــ"

نرس ــ! یہ ٹھمک زور زور سے کیوں بجنے لگا ہے ــ بند کرادو یہ شور۔ مجھے نیند آرہی ہے۔ وہ دیکھو شانو کریوا پر بیٹھی ہے ــ کان آہٹ پر لگائے، آنکھیں راہ میں بچھائے۔ بیس سال سے بیٹھی ہے۔ بہت نزدیک ہوں میں ــ آرہا ہوں شانو ــ! آرہا ہوں۔ نرس! مجھے کچھ نہیں دکھائی دے رہا ہے ــ یہ میرا گلا کیوں دبا رہی ہو نرس؟ ہاں ذرا زور سے دباؤ ــ میں ــ میں ــ

"ڈاکٹر ــ!!" نرس کی چیخ رات کے پردوں سے ٹکرائی اور

ہسپتال کے ایک کونے سے دوسرے کونے تک گونجتی چلی گئی۔

مسٹر گنگولی کا ہاتھ سوکھی ہوئی ٹہنی کی طرح چارپائی کے ایک طرف لٹک گیا تھا۔ ★★★

لوڈی بھی تاری بھی

اچانک سامنے نمودار ہو گئی۔ میں پہچان تو گیا، پر پہچان نہ سکا۔ ماتھے پر چند لکیریں نمایاں ہو گئیں۔ لکیریں جو تھیں۔ لکیریں جو نہیں تھیں۔ یعنی اِس کا وجود تھا۔ اور وجود نہیں بھی تھا۔ میں پریشان سا ہو گیا۔

فن کار ٹین کی چھت پر برستی ہوئی بارش کی جل ترنگ سُننے میں محو تھا۔ اچانک اُس نے مجھے آواز دی۔ باہر اُڑتے ہوئے قد والے چند سفیدے کے درخت ہواؤں کے دوش پر جھوم رہے تھے۔ ہائے! کیسی والہانہ حرکت ہے۔ کیسی سر بلند سرمستی ہے۔ میں اس لمحے کو اپنے بہت اندر کہیں محفوظ کر رہا ہوں۔ کسی تپتی دوپہر کے لئے جب ہوا چاروں طرف بند ہو گی، سانس لیتے وقت چھاتی میں درد اُبھرنے لگے گا۔ دیواروں کو پسینہ آنے لگے گا۔ اس وقت میں اپنے بہت اندر سے اس لمحے کو نکال کر ہتھیلی پر رکھوں گا۔ مقام کوئی اور ہو گا۔ مکاں کوئی اور ہو گا۔ اور شاید میں بھی کوئی اور ہوں گا۔ یہ سر بلند سفیدے کے درختوں کا رقص۔ یہ ہوا کی تال پر ناچنے کی چھب۔ وقت کی قید سے آزاد۔ میرے خیالوں میں طلاطم پیدا کرنے کے لئے اب

ہمیشہ باقی رہے گا۔

فن کار نے مجھے دوبارہ آواز دی۔ کون تھا۔؟ ایک اور سوال۔ جیسے پہلے سے موجود تمام سوالوں کے جواب مل گئے تھے۔ میں نے کوئی جواب نہیں دیا جواب دینے کی ضرورت بھی کیا تھی۔ وہ میرے سامنے تھی۔ جیسے دھرتی۔ جیسے وسیع و عریض آسمان۔ جیسے چاند ستاروں کی محفل رقص و سرود۔ مانگ سے بہتی ہوئی گنگا۔ سُرمئی شام سے مانگا ہوا کاجل کا غبار۔ وہ میرے سامنے تھی۔ اور میری آنکھیں بند تھیں۔ اور میں اسے پہچاننے کی کوشش کر رہا تھا۔ بند آنکھوں کے پیچھے۔

اِس فن کار کو میں ایک دن بسیارِ تلاش کے بعد اُٹھا کر گھر لے آیا تھا۔ سوچا تھا یہ اپنے طلسم کے ذریعے میرے بہت سارے سوالوں کے جواب فراہم کرے گا۔ ان گنت سوال تھے جو انگاروں کی طرح میرے ذہن کے طاقوں میں سُلگ رہے تھے۔ اس دن میں دریا کے کنارے ٹہل رہا تھا۔ میں نے دریا کے کنارے ٹہلنے کا شعار اپنایا تھا، کیونکہ شاہراہوں پر راہزن دَھن دھناتے پھر رہے تھے۔ میں بھی کچھ اِن راہزنوں کے ہاتھوں لُٹا چکا تھا۔ سب سے پہلے انھوں نے میری معصومیت چھین لی تھی۔ میں نے ان کے مُسکراتے ہوئے چہروں پر اعتبار کر کے اپنا بھروسہ ان کے حوالے کیا تھا۔ سڑک کے کنارے ایک انسان کی لاش پڑی تھی۔ میں نے پوچھا تھا یہ۔ یہ انسان کیسے مرگیا۔ اِدھر سڑک کے کنارے۔ اگر اسے مرنا ہی تھا تو اپنے گھر میں کیوں نہیں مرگیا۔ اپنی بوڑھی ماں کی گود میں سر رکھ کر۔ اپنی کم مایہ محبوبہ کے زانوں پر سر رکھ کر۔ اپنے ننھے مُنّے بچوں کے درمیان۔ یا اپنی بیوی کے سامنے گھر کے آنگن میں۔ یہاں کیوں مرگیا سڑک کے کنارے۔؟ مُسکراتے ہوئے چہروں کی مُسکراہٹ کا زاویہ تبدیل ہو گیا۔ تو گویا تم اُس شخص کو جانتے ہو۔ تمہیں اس کے گھر کی واقفیت بھی ہے۔ تم اِس کی ماں بیوی بچوں کو بھی جانتے ہو۔ تمہیں اِس شخص کے قتل کے الزام میں دھر لیا جاتا ہے۔ چنانچہ بارہ سال جیل کی سلاخوں کے پیچھے گزار کر جب میں باہر آگیا تو میری معصومیت چھن گئی تھی۔

۔ اور مجھ پر یہ راز عیاں ہو گیا کہ شاہراہوں پر انسان اسی طرح مرے ہوتے

پائے جاتے ہیں۔ کچھ شدید سردی سے ٹھٹھر کر مر جاتے ہیں، کچھ شدید گرمی سے تڑپ کر مر جاتے ہیں۔ کچھ دھن دھناتی ہوئی لاریوں کی زد میں آکر مر جاتے ہیں۔ اور کچھ۔ خواہ مخواہ مر جاتے ہیں۔ ان کے بارے میں کچھ پوچھنا خطرناک ہے۔ جواب میت تلاش کیا کرو۔ فن کار نے آواز دی۔ یہ فن کار میرے خیالات بھی پڑھ لیتا ہے۔ تعجب ہے۔

اس کے بعد انھوں نے میری سچائی چھین لی۔ میں نے اُن کی لچھے دار باتوں پر اعتبار کر کے اپنی طاقت ان کے حوالے کی تھی۔ دن بھر سڑکوں پر آوارگی کرتے کرتے اپنی نظروں کی دوربین لئے، اور اپنے کانوں کا ٹیپ ریکارڈ لئے میں خبریں جمع کر کے ان کے حوالے کرتا رہا۔ قتل کی خبریں، اقتصادی خبریں، مذہبی خبریں، سماجی خبریں، اغوا کی خبریں، ڈکیتی کی خبریں، سیاسی خبریں، غیر مذہبی خبریں، لامذہبی خبریں۔ جب سیٹھ دولت رائے نے اپنی بالائسنس بندوق سے اپنے کارندے منشی دیا کشن کے سینے میں گولی اُتار دی تو میں وہ خبر لے کر دوڑا دوڑا پسینے میں شرابور اُن کے پاس پہنچا۔

اچھا، تمہیں کیسے معلوم ہے۔ انھوں نے پوچھا۔

خود دیکھ کے آیا ہوں۔ منشی دیا کشن سیٹھ جی کے گودام میں تھا۔ گودام میں کام زور و شور سے چل رہا تھا۔

گودام ہے۔ کام زور و شور سے چل رہا تھا؟ کیا بکتے ہو؟

ہاں جی! کام زور و شور سے چل رہا تھا۔ سیمنٹ کی بوریوں سے دس دس بارہ بارہ کلو سیمنٹ نکال کر خالی بوریوں میں ڈالا جا رہا تھا۔ بوریاں دوبارہ سی کر بند کی جا رہی تھیں۔ کہ اچانک منشی دیا کشن دونوں ہاتھ اُٹھا کر چلایا۔ بس کرو بے ایمانو! بہت ہو گیا۔ کام بند ہو گیا۔ کسی نے سیٹھ جی کو خبر کر دی۔ وہ بندوق لے کر آگئے۔

یہ کیا بدتمیزی ہے دیا کشن؟

بہت ہو گیا سیٹھ جی۔ اب بس کرو۔

کیا بکتے ہو؟ دفع ہو جاؤ یہاں سے۔ نمک حرام۔

دفع کیسے ہوگا سیٹھ جی۔ پولیس کو خبر کردے تو۔ کوئی کارندہ چلّایا۔

تم ٹھیک کہہ رہے ہو دینوں۔ یہ کہہ کر بندوق کی نالی ہوا میں لہرائی، ایک شعلہ بلند ہوا، دھماکے کی آواز سُنائی دی۔ اور بس۔

اور تم نے یہ سب اپنی آنکھوں سے دیکھ لیا؟ انھوں نے پوچھا۔ کیسے؟

ہاں جی۔ اپنی آنکھوں سے دیکھ لیا۔ میں مزدور ہوں کر تین مہینے سے اس گودام میں کام کر رہا ہوں۔

اچھا۔ تم جاؤ۔

دوسرے دن خبر چھپی تو پتہ چلا کہ سیٹھ دولت رائے اپنے گودام میں تجوری کھول کے ضروری کاغذات دیکھ رہے تھے۔ اتنے میں منشی دیا کشن اندر آگیا اور تجوری کھلی دیکھ کر اُس کے دل میں بے ایمانی آگئی۔ اس نے سیٹھ جی پر حملہ کر دیا۔ سیٹھ جی نے بندوق اُٹھا کر اُسے ڈرانا چاہا۔ دونوں گتھم گتھا ہوگئے۔ اور ایسے میں بندوق چل گئی۔ قیاس ہے کہ بندوق کی لبلبی منشی دیا کشن نے ہی دبائی تھی۔ سیٹھ جی بے ہوش ہوگئے ان کو ڈاکٹروں نے آرام کا مشورہ دیا ہے۔

میں نے پوچھا۔ یہ کیا۔؟ اتنا بڑا جھوٹ؟۔ انھوں نے کہا یہی سچائی ہے۔

۔ تم پاگل ہوگئے ہو۔ اپنا علاج کرا لو۔ چنانچہ تین سال کے بعد جب میں پاگل خانے سے باہر آیا تو میری سچائی چھن گئی تھی۔ اور یہ راز مجھ پر آشکار ہوا تھا کہ سچائی کے قلابے دُور دُور تک جا کر خلط ملط ہو جاتے ہیں۔ کہ سچائی کو پوشاک پہنانا انسان اور سماج دونوں کے لئے ضروری ہے۔

اور ایک وقت آتا ہے جب وہ طاقت، وہ کائنات کی ازلی حرکت ایک پیکر میں ڈھل جاتی ہے۔ مہربان شفیق ماں کا پیکر۔ دل کے شیشے میں نظر آنے والی محبوبہ کا پیکر۔ اور وہ اپنی بڑی بڑی خوبصورت، دل فریب آنکھیں جھپکاتی ہے اور افق اور شفق گلے ملتے نظر آتے ہیں۔ ہنستی ہے تو ساری کائنات میں پھول کِھل اُٹھتے ہیں۔

یہ پیکر۔ چاند کی طرح شیتل۔ دن کی طرح روشن۔ سچائی کی طرح پُر نور۔

فن کار کہہ رہا ہے۔ مگر یہ فن کار بہت کچھ کہتا رہتا ہے۔ میں اس کی کس کس بات کی طرف دھیان دوں — کیا کیا یاد رکھوں۔ کیا کیا بھول جاؤں — میں نے اُسے یہ سوچ کر گھر نہیں لایا تھا کہ یہ مجھے ہی اپنے طلسمی محل کے اندر قید کر دے۔

اس کے بعد انھوں نے مجھے کتنے جھانسے دیئے۔ میری صحت چھین لی۔ کہ صحت قائم رکھنے کے لئے میں جو کچھ کھاتا تھا، وہ اُنہی کی فیکٹریوں میں تیار ہوتا تھا۔ ناقص آٹا — ناقص دالیں۔ ناقص ڈبل روٹی۔ ناقص وناسپتی۔ اور پھر جب میں بیمار ہو گیا، تو اُن ہی کی کمپنیوں میں تیار کی گئی دوائیاں میرا سہارا بن گئیں۔ نقلی گلوکوز، نقلی وٹامن بی، نقلی پنسلین، نقلی کلوزم فنجی کال — پھر انھوں نے میرے خواب چھین لئے اور ایک نقلی تصور دے دیا۔ نقلی تصویریں، نقلی اعداد و شمار۔ نقلی کھلونے۔ نقلی سکے — پھر انھوں نے میرا وجود چھین لیا — اور میرے جسم میں نقلی دل فٹ کر دیا۔ نقلی دماغ، نقلی شعور، نقلی گردے۔ چنانچہ ایک دن مجھے اچانک یہ احساس ہوا کہ میری تمام تر اصلیت فنا ہو گئی ہے — اور میں فقط ایک نقلی انسان رہ گیا ہوں۔ اُس دن میرے وجود کی بُنیادیں بھی ہل گئیں — میں نے زندگی میں پہلی بار اپنے آس پاس اور دُور دُور تک نظریں دوڑائیں — یہ انسانوں سے بھری پُری دنیا — کیا یہ — کیا یہ سب انسان نقلی ہیں؟ خود کار پُرزوں کی طرح حرکت کرتے ہیں؟ نہیں نہیں۔ یہ کیسے ہو سکتا ہے۔ مجھے جُھرجُھری آ گئی —

میں نے ایک انسان کا ہاتھ تھام لیا — بولو۔ کیا تم نقلی ہو؟ اُس نے نخوت سے شانوں کو جُنبش دی۔ نقلی؟ — کبھی چکھی ہے؟ ولایتی بھول جاؤ گے بیٹے — کوئی چیز نقلی استعمال نہیں کرتا ہوں — اصلی نوسادر۔ اصلی سنگتروں کے چھلکے۔ اصلی کیکر کے پتے — اصلی چھپکلیاں اور اصلی موبل آئل — مجھے اُبکائی آ گئی۔

میں نے دوسرے انسان کا ہاتھ تھام لیا — کیوں بھئی۔ تم — کیا تم نقلی ہو؟ اُس نے ایک زوردار قہقہہ بلند کیا — دیکھو کامریڈ! ہماری لڑائی اصلی جنگ ہے — سرمایہ داری اور مفلسی کی جنگ — سرمایہ دار بھی اصلی ہیں۔ مفلس بھی اصلی ہیں —

مہنگائی بھی اصلی ہے اور پرائس انڈکس بھی اصلی ہے ــــ دیسی گھی کھاتا ہوں اور ولایتی شراب پیتا ہوں ــــ بولو انقلاب زندہ باد ــــ

میں آگے بڑھ گیا ــــ اور تیسرے انسان کا بازو پکڑ لیا ــــ بھائی ایک بات بتاؤ ــــ کیا تم نقلی ہو ــــ؟ اُس نے دُزدیدہ نگاہوں سے دائیں بائیں دیکھ کر دھیرے سے کہا ــــ بات سُنو ۔ اگر کچھ دینا ہے تو اُس گلی میں چلو ــــ دیواروں کے بھی کان ہوتے ہیں ــــ اور ہر چیز کے دام ہوتے ہیں ــــ میڈیکل کالج میں داخلہ چاہتے ہو، پندرہ ہزار نکالو ــــ انجینئر بننا چاہتے ہو تو پونے پندرہ ہزار دیدو ــــ نوکری حاصل کرنا چاہتے ہو تو ریٹ الگ الگ ہیں ــــ جس طرح گریڈ الگ الگ ہیں ــــ بولو ۔ کیا چاہتے ہو؟

میں ایک جست لگا کر دُور نکل گیا ۔ بھاگتے بھاگتے میں نے کئی انسانوں کے ہاتھ تھام لئے ــــ ایک مذہبی رہنما کا ہاتھ پکڑ کر پوچھا ــــ کیا تم بھی نقلی ہو ؟ اُس نے مسکرا کر کہا ــــ تم بھٹک گئے ہو پرانی ــــ میرا مندر اصلی ہے ۔ مورتی اصلی ہے ۔ چڑھاوا اصلی ہے ۔ مُرادیں اصلی ہیں ۔ مُرادیں مانگنے والا اصلی ہے ۔ سوا روپیہ نکالو اور اصلی پرشاد حاصل کرو ــــ اکیس روپے نکالو اور اصلی مورتی کے درشن کرو ــــ میں بھاگ کھڑا ہوا ــــ دُور نکل گیا ۔ دیکھا تو سامنے ایک مداری کھڑا تھا ۔ میں بھی کھڑا ہو گیا ۔ اُس نے اپنی ڈگڈگی بجائی ــــ پھر اپنی چھڑی گھمائی ــــ ایک کبوتر نمودار ہو گیا ۔ دوبارہ چھڑی گھمائی تو ایک خرگوش اُچھلتا کودتا سامنے آکر کھڑا ہو گیا ــــ ایک بار اور چھڑی گھمائی تو ایک موٹر سائیکل سامنے آ گئی ــــ پھر ایک خوبصورت عورت ــــ پھر ایک مکان ــــ پھر ایک آم کا درخت ــــ پھر ایک بارہ دری، ایک آبشار ۔ ایک کل کل کرتی ہوئی ندی ــــ میں حیران اور ششدر کھڑا دیکھتا رہا ــــ اتنے میں اُس نے ہاتھ بڑھایا ــــ ایک روپیہ نکالو ــــ میں نے ایک روپیہ نکال کر اس کی ہتھیلی پر رکھتے ہوئے پوچھا ــــ کیا ــــ کیا تم نقلی ہو ــــ؟ اُس کے ہونٹوں پر ایک خفیف سی مُسکراہٹ پھیل گئی ۔ اُس نے اپنی پٹاری کھولی ۔ ڈُگڈُگی اور چھڑی اُس میں ڈال دی ۔ پٹاری کو بند کیا اور چلا گیا ــــ دوسرے لمحے میں نے دیکھا ــــ تو کچھ بھی

نہیں تھا۔ نہ مکان، نہ بارہ دری، نہ خوبصورت عورت، نہ خرگوش ـــــ کچھ بھی نہیں۔

اسی لمحے میرے منہ سے چیخ نکل گئی ـــ میرے سامنے۔ میرے دیکھتے ہی دیکھتے میرا وجود اصلی یا نقلی منتشر ہو گیا۔ پھر ایسا ہوا کہ میں زماں و مکاں کی حدیں پھلانگ گیا۔

اور ایک وقت آتا ہے جب وہ قوت، کائنات کی ازلی حرکت۔ وہ آگ کی ابدی حرارت ایک پیکر میں ڈھل جاتی ہے۔ پھر سورج کی لال بندیا اس کے ماتھے پر پھیل جاتی ہے اور پھیل کر ساری کائنات کو اپنی آگ کی لپٹوں میں گھیر لیتی ہے۔ سمندروں کا پانی کھولنے لگتا ہے۔ پہاڑ ایک دوسرے سے ٹکرانے لگتے ہیں۔ آسمان نظروں سے اوجھل ہو جاتا ہے۔ ریت کے ذرّے انگارے بن کر چاروں طرف برسنے لگتے ہیں۔ کائنات سیاہ رنگ کا لبادہ اوڑھ لیتی ہے اور ساتوں آسمان تھرتھرانے لگتے ہیں۔

فن کار کہہ رہا ہے ـــ مگر یہ فن کار بہت کچھ کہتا رہتا ہے۔ میں نے اُسے دریا کے کنارے ایک چٹان کی اوٹ میں بیٹھے ہوئے دیکھا تھا۔ اور اس کو اُٹھا کر گھر لے آیا تھا۔ یہ سوچ کر کہ یہ اپنے طلسم کے ذریعے میرے بہت سارے سوالوں کے جواب فراہم کرے گا ـــ مگر اس نے تو مجھے ہی اپنے طلسم کی بھول بھلیوں میں قید کر لیا ہے۔ آتشیں رقص ـــ میری رُوح اس آتشیں رقص کے ساتھ شامل ہو گئی ہے۔ میرا وجود مٹ گیا ہے۔ جل کر خاکستر ہو گیا ہے۔ میں اپنی قبا کا گریبان چاک کرنا چاہتا ہوں، مگر میرا کوئی گریباں نہیں ہے۔ میں اپنے دامن کو تار تار کرنا چاہتا ہوں۔ مگر میرا کوئی دامن نہیں۔ اور یہ ان گنت سوال بدستور میرے ذہن کے طاقوں پر جل رہے ہیں ـــ بس کرو فن کار! خدا کے لئے بس کرو۔ اب مزید تاب نہیں۔ یکایک میں چیخ مار کے کھڑا ہو جاتا ہوں۔

ایک لمحے کے لئے کائنات رُک جاتی ہے۔ اب کوئی اُتھل پُتھل نہیں۔ کوئی ہلچل نہیں۔ کوئی افراتفری نہیں۔ بارش کے قطرے بدستور ٹین کی چھت پر جلترنگ بجا رہے ہیں۔

فن کار کے ہونٹوں پر ایک سحر زدہ مسکراہٹ بدستور قائم ہے۔ اُس پر تو کسی طلاطم کا اثر ہی نہیں ہوتا۔

پھر ایسا ہوا کہ میں نے ڈر کے مارے دوبارہ اپنے وجود کا لبادہ اوڑھ لیا۔
۔۔۔ اور اسی لمحے وہ سامنے نمودار ہو گئی۔ میں پہچان تو گیا، پر پہچان نہ سکا۔ ماتھے پر چند لکیریں نمایاں ہو گئیں۔ لکیریں جو تھیں۔ لکیریں جو نہیں بھی تھیں۔ یعنی اس کا وجود تھا۔ اور وجود نہیں بھی تھا۔ میں پریشان ہو گیا۔

پہچانا۔۔؟
فن کار نے پوچھا۔
کچھ کچھ۔
میں نے جواب دیا۔

چلو اُٹھو۔ تمہیں تو مجالِ خواب بھی نہیں۔ مجالِ دیدار کہاں سے ہوگا۔ فن کار نے مجھے جھنجھوڑتے ہوئے کہا۔ اور بازو پھیلا کر خلاؤں میں پرواز کر گیا۔ ★★

دل کی بستی

پُل کے اُس پار سورج ڈوب رہا ہے اور پہاڑی چوٹیوں کی پیشانیاں تمتمانے لگی ہیں۔ بادلوں کے آنچل خون میں ڈوب گئے ہیں اور پرندوں کی پکار سن کر دل ڈوبنے لگے ہیں۔ ہائے سورج ڈوبتا ہے تو کتنا اچھا لگتا ہے۔ پُل کے اِس پار اُس کچی پکی اینٹوں کے بنے ہوئے مکان کی مغربی کھڑکی کھلی ہے۔ اور ایک زرد چہرہ کھڑکی سے جھانکنے لگا ہے۔ آپ اِس چہرے کی بے رنگی پر نہ جائیے حضور! آپ اِن آنکھوں کی بے رونقی کو نہ دیکھیے۔ آپ ان بالوں کی بے ترتیبی کا خیال نہ کیجیے۔ آپ ان ہونٹوں کی کپکپاہٹ پر بھی دھیان نہ دیجیے۔ کیوں کہ اس طرح آپ کو یہ چہرہ رحم طلب نظر آئے گا۔ اور اس وقت جب کہ آپ بالکل ہی رومانٹک موڈ میں شفق کا نظارا کر رہے ہیں۔ جب کہ آپ اپنی بالکونی میں کھڑے اپنی رفیقۂ حیات کے ہاتھ میں ہاتھ دے کر رنگوں کے طلسم میں کھو گئے ہیں۔ جبکہ آپ حبہ خاتون پُل پر اپنی محبوبہ کے کندھے سے لگے لگے آسمان کی سرخیوں میں مگن ہیں۔ جبکہ آپ نہرو پارک میں بیٹھے اپنے دوست کے شانے پر ہاتھ رکھے بادلوں کے آنچل کی سرخ کناری سے لطف اندوز ہو رہے ہیں۔ تو اس چہرے کی طرف دیکھ کر آپ کو کسی طوفانِ نوح کا خیال آئے گا۔

کسی کوروکشیتر کی جنگ کی یاد آئے گی۔ اور آپ کا رومانٹک موڈ خراب ہو جائے گا۔ اِس لئے آپ اس چہرے کو بالکل نظر انداز کیجئے۔ آخر اُس کچی پکی اینٹوں کے بنے ہوئے مکان کی کھڑکی سے جھانکتا ہوا چہرہ ہی تو ہے۔ کسی حسین نرجونس کا چہرہ تو ہے نہیں۔ جو آپ اپنا موڈ خراب کریں گے اور پھر ایک بات اور بھی ہے، یہ چہرہ سدا سے ایسا ہی تو تھا نہیں، اگر ہوتا تو کوئی نہ کوئی ضرور اسے شیشے کے بکس میں بند کر کے عجائب گھر میں رکھتا اور ساتھ ہی ایک چھوٹی سی تختی چسپاں کر دیتا جس پر سنہری حروف میں لکھا جاتا: "دس ہزار سالہ پُرانی مصر کی ایک ممی!" تب اگر آپ اِس چہرے کو دیکھتے تو کم از کم آپ کے پاس ایک تاریخی جواز تو ہوتا۔ مگر ایسی بات نہیں ہے۔ یہ چہرہ سدا سے ایسا نہیں تھا۔ آپ جو یہ زرد رنگ دیکھتے ہیں کبھی یہ گلاب کی طرح کھلا کھلا تھا، جسے دیکھ کر کشمیری سیبوں کی یاد آتی۔ یہ آنکھیں بے رونق نہ تھیں۔ اِن میں ایک شرمیلی سی اُجلی اُجلی چمک تھی۔ یہ ہونٹ بے رس زرد اور بے جان نہیں تھے۔ بھرے بھرے اور لال لال تھے۔ اور یہ گمان ہوتا تھا کہ ذرا سا چھونے پر ان میں سے رس کی ایک پھوار نکل آئے گی۔ یہ بال بے ترتیب اور اُلجھے اُلجھے نہیں تھے۔ ساون کی گھٹاؤں کی طرح سارے ماحول پر چھائے رہتے تھے۔ اور جی چاہتا تھا کہ ان کے سائے میں گھڑی دو گھڑی بیٹھ کر سستا لیا جائے۔ اُن دنوں اِس مکان کی کھڑکی میں یہ چہرہ دیکھ کر آپ شفق کا منظر دیکھنا بھول جاتے اور بالکنی میں آپ کے ہاتھ سے آپ کی رفیقۂ حیات کا ہاتھ خود بخود چھوٹ جاتا۔ آپ کے کندھے کے نیچے سے حبہ خاتون پل پر آپ کی محبوبہ کھسک جاتی۔ آپ کا ہاتھ نہرو پارک میں آپ کے دوست کے شانے سے پھسل جاتا۔ مگر یہ گزرے ہوئے دنوں کی بات ہے اور صرف تاریخ لکھنے والوں کے کام کی چیز رہ گئی ہے۔ اب، ابھی، اِس وقت یہ چہرہ رحم طلب کرتا ہے۔ اِس لئے اس کی طرف کوئی دھیان نہ دیجئے۔ شوق سے شفق کا نظارا کیجئے۔

لیجئے باتوں باتوں میں سورج غروب ہو گیا ہے۔ پرندے اپنے اپنے گھونسلوں میں دُبک گئے ہیں۔ کوّوں کا ایک جوڑا بے ہنگم صدائیں بلند کر کے سفیدے کے درخت کی پھننگ پر سرگوشی کر رہا ہے۔ آپ بھی اپنی رفیقۂ حیات کا ہاتھ اپنے ہاتھ میں لئے اندر

کمرے میں جانے لگے ہیں۔ اپنی محبوبہ سے کل اسی جگہ ملنے کا وعدہ لے کر اپنے گھر لوٹنے لگے ہیں۔ اپنے دوست سے ہاتھ ملا کر بائی بائی کی صدا لگانے کے بعد اپنے راستے پر ہو لیتے ہیں۔ اور اس کچی پکی اینٹوں کے بنے ہوئے مکان کی مغربی کھڑکی سے یہ چہرہ بھی کھڑکی بند کرنے کے بعد غائب ہو گیا ہے۔ لیکن فرق ضرور ہے۔ ایک معمولی سا فرق۔ آپ نے پہاڑوں کی گلنار چوٹیاں دیکھیں اور مست ہوئے۔ آپ نے بادلوں کی لال لال چنری دیکھی اور خوش ہوتے۔ آپ نے رنگوں کا طلسم دیکھا اور مسکرا دیئے۔ لیکن اس چہرے نے ایک چتا دیکھی اور رو دیا۔ آگ کی لپٹوں کی زبانیں دیکھیں اور رو دیا بس اتنا ہی فرق ہے۔ اور اس کے لئے آپ کو اپنی راتوں کی نیند حرام کرنے کی ضرورت نہیں کیونکہ اس کے لئے درگا، اور اس کی ماں اور اس کا باپ ہی کافی ہے۔ درگا، جی ہاں، اس چہرے کا یہی نام ہے۔ آپ ضرور اور شوق سے اپنے ڈن لپلو کے میٹرس پر آرام کیجئے۔ اپنے مخملیں بستر پر سو جایئے۔ درگا شاید نہ سو سکے گی۔ کیونکہ اُسے پچھلے نو سال سے شب بیداری کی بیماری لگ گئی ہے۔ اور یہ سزا اُسے ایک بہت بڑے جرم کی پاداش میں دی گئی ہے۔ آپ نے بھی ممکن ہے ایسا جرم کیا ہو یا کرنے والے ہوں۔ مگر آپ کی بات اور ہے اُس جرم کا نام شادی ہے۔ اگر لوگوں سے بھرے ہوئے کمرے میں اگنی کے گرد پھیرے کرنے کا نام شادی ہے۔ اگر کانپتے لرزتے ہاتھوں سے کسی کے گلے میں جے مالا ڈالنے کا نام شادی ہے۔ اگر لمبا سا گھونگھٹ نکال کے کسی انجانے، ان دیکھے مرد کے گھر دُلہن بن کر جانے کا نام شادی ہے۔ تو درگا نے پورے نو سال پہلے ضرور شادی کی ہے۔ درگا کا باپ پنڈت مدھو سودن اور درگا کی ماں جانکی دیوی بھی اسی غلط فہمی میں مبتلا ہیں کہ انھوں نے اپنی لڑکی کے ہاتھ پیلے کئے ہیں۔ اور اسی غلط فہمی نے درگا کو وہ سزا دی ہے جو وہ نو سال سے بھگت رہی ہے۔ درگا کو اب یاد بھی نہیں ہے کہ وہ آخری بار کب ساری رات بے فکری کی اور بھرپور نیند سوئی تھی۔ شاید شادی سے ایک دن پہلے یا ایک دن بعد۔ کیونکہ اُسے اچھی طرح یاد ہے کہ شادی کی رات وہ نہیں سو سکی تھی ---- دن بھر سر نیوڑھائے بیٹھنے کی وجہ سے اور ایک انجانے اور ان دیکھے جادوگر کی وجہ سے۔ جانے وہ جادوگر کیسا تھا، اب تو اُس کی صورت بھی کسی دُھندلے نقش کی طرح دماغ کی سلیٹ سے مٹ گئی ہے۔ اُس رات کی وارداتیں کیسی ہیں؟ جو کبھی کھل کے سامنے آجاتی ہیں۔ اور کبھی بالکل ہی دکھائی نہیں دیتیں۔ چند غیر مرئی سائے سے

ہیں جو دُرگا کے دماغ پر کبھی منڈلاتے ہیں اور کبھی نہیں منڈلاتے۔ کبھی ایک لمبوترا چہرہ سامنے آتا ہے۔ ستواں ناک والا۔ حتوالی آنکھوں والا۔ جوانی کے خون سے تمتمایا ہوا چہرہ۔ اور کبھی نہیں آتا۔ وہ قمیص کے کھلے کالر سے جھانکتا ہوا سینہ، کبھی یاد آتا ہے، کبھی نہیں آتا۔ وہ اَن جانی ان بوجھی آواز کبھی کانوں میں گونجنے لگتی ہے اور کبھی کان اُس آواز کے لئے ترستے ہیں۔ ترستے ہیں۔

"آپ کتنی خوبصورت ہیں۔"
"کیا آپ کو میں پسند آ گیا؟"
"آپ نے محبت کے بارے میں کبھی سوچا ہے؟"
"آپ نے شادی کے بارے میں کون سی کتاب پڑھی ہے؟"
"تو آپ انگریزی بالکل ہی نہیں جانتیں۔ کیوں بھلا؟"

آج نو سال کے بعد یہ باتیں کوئی اثر نہیں رکھتیں۔ لیکن اُس رات یہ باتیں کانوں کو بھلی لگی تھیں۔ اب یقین بھی نہیں آتا۔ کبھی رات کی تنہائی میں، کسی ان دیکھے کمرے میں، کسی انجانے آدمی نے یہ باتیں کہی تھیں۔ مگر باتوں کا کیا ہے؟ ہر کوئی باتیں کر سکتا ہے۔ باتیں کرتا ہے۔ کسی ہیڈی لامر کے ہونٹوں سے ادا کیا ہوا ڈائیلاگ تو ہے نہیں۔ کسی مہاتما گاندھی کے منہ سے نکلا ہوا بول بھی نہیں ہے۔ اور نہ کسی ابراہیم لنکن کی کوئی تقریر ہے۔ جسے آدمی یاد رکھے اور دوستوں کی محفل میں دہراتا پھرے۔ اب اگر دُرگا ان باتوں کا تعویذ بنا کر اپنے گلے میں لٹکائی پھرے تو اِس میں آپ کیوں دلچسپی لینے لگے۔ دراصل اِن باتوں میں پنڈت مدھوسودن کو بھی دلچسپی نہیں ہے۔ اُسے تو صرف اِس بات میں دلچسپی تھی کہ کسی طرح دُرگا کی شادی ہو جائے۔ اُس نے درگا کی شادی کی تھی، اس لئے نہیں کہ دُرگا اُس کے سینے پر بوجھ بن کر بیٹھی تھی۔ اِس لئے بھی نہیں کہ درگا کوئی عمر میں بہت بڑی تھی۔ وہ تو شادی کے وقت صرف سولہ برس کی تھی۔ وہ دُرگا کی شادی میں اِس لئے دلچسپی لینے لگا تھا کہ دُرگا سب کچھ ہوتے ہوئے ایک لڑکی بھی تھی۔ اور اُس کی دانست میں لڑکیوں کا کوئی بھروسا نہیں ہوتا۔ جانے کب کوئی متوالا جادوگر آئے اور لڑکی کسی جادوئی اثر سے اس کے پیچھے پیچھے بھاگنے لگے۔ اب

یہ الگ بات ہے کہ لاٹ کی دو روپے والی چینی کی گڑیا تو یہ نہیں کہ آدمی نے اُٹھا کر جیب میں رکھا اور چلتا بنا۔ لیکن یہ بات سمجھنے کی ہے نہ سمجھانے کی۔ اور آج مدھو سُودن کہتا ہے، یہ شادی نہ ہوئی ہوتی تو زندگی یوں اجیرن نہ بنتی۔

ایک مدھو سودن کی زندگی اجیرن ہے۔ ایک جانکی دیوی کی زندگی ویران ویران ہے ایک درگا کا جیون برباد ہے۔ تو آپ کیوں اپنی نیند اُچاٹ کریں گے؟ آپ سوچاتے کیونکہ دُرگا کا پتی مکھن لال بھی اپنے نئی دہلی کے اُس کوارٹر میں سو گیا ہے جو اُسے سرکار کی طرف سے رہنے کو ملا ہے۔ یہ کوارٹر ایل۔ ڈی۔ سی کو ملتا ہے۔ ہر کلاس فور آفیسر یعنی چپراسی کو ملتا ہے۔ اپنی اپنی باری پر ہر مرکزی سرکار کے ملازم کو ملتا ہے۔ اور اُس کا کرایہ اُس کی تنخواہ سے کٹتا رہتا ہے۔ اِس لئے آپ کو اِس بات سے مرعوب نہ ہونا چاہیئے۔ مکھن لال سرکاری کوارٹر میں سو گیا ہے، اُسے سو لے دیجئے۔ اُسے نیند کی سخت ضرورت ہے۔ کیونکہ وہ ایک یو۔ ڈی۔ سی ہے۔ یعنی اونچے درجے کا کلرک ہے۔ اور کلرک کے بارے میں آپ جانتے ہیں کہ جب پیدا ہوا تو گدھے نے اللہ میاں کا شکر ادا کیا کہ اس کا ہاتھ بٹانے کے لئے ایک پڑھا لکھا ساتھی وجود میں آگیا۔ اِس لئے اِسے سو لے دیجئے کہ دن بھر کا تھکا ماندہ ہے۔ یہ تھکاوٹ صرف جسمانی ہے۔ ورنہ اِس کا دماغ اور شعور تو پہلے ہی ابدی نیند سو چکے ہیں۔ یہی وجہ ہے کہ مکھن لال کو دُرگا کی یاد کبھی نہیں آتی۔ لیکن آپ کو مکھن لال کی ذات سے تو کیا اِس بات سے بھی دلچسپی نہیں ہو سکتی کہ مکھن لال نے شادی کے دوسرے ہی دن اپنی بیوی کو چھوڑ دیا ہے۔ کیسے نہ چھوڑتا؟ طلاق تو دے نہیں سکتا تھا۔ کیونکہ اِس کے لئے اُس کے پاس کوئی مذہبی یا قانونی وجہ نہیں تھی۔ اور اس کے ساتھ نباہ بھی نہیں کر سکتا تھا۔ اِس لئے نہیں کہ دُرگا خوبصورت نہیں تھی۔ اِس لئے بھی نہیں کہ وہ سُگھڑ نہیں تھی۔ اِس لئے بھی نہیں کہ اُسے اپنی بیوی سے محبت نہیں تھی۔ بلکہ اِس لئے کہ وہ خود تھرڈ ایم۔ اے۔ پاس ہے۔ اور دُرگا نے کوئی پاس فیل کا چکر قبول نہیں کیا تھا۔ آپ ہی سوچئے کہ اِس صورت میں نباہ کیسے ہو سکتا ہے۔ دُرگا اُس کے انگریزی ناولیٹز بھی نہیں پڑھ سکتی۔ وہ اُس کے ساتھ انگریزی میں باتیں بھی نہیں کر سکتی اور وہ اُس کے کندھے کے ساتھ لگی لگی شام کو کناٹ پلیس میں تفریح بھی نہیں کر سکتی اور نہ کسی انگریزی فلم کو دیکھ کر

پڑھ سکتی ہے۔ اور حد تو یہ ہے کہ کوئی انگریزی اخبار بھی نہیں پڑھ سکتی۔ اس لئے اِس اَن پڑھ جاہل، بیک ورڈ، غیر تہذیب یافتہ درگا کے ساتھ مکھن لال ایم۔اے۔ یو۔ڈی۔ سی کا نباہ کیسے ہو سکتا ہے؟ آپ ہی بتائیے؟ مکھن لال کہتا ہے کہ اُس کا بس چلے تو وہ اُسے انگریزی رائفل سے شوٹ کر دے۔ آپ کی بلا سے شوٹ کر دے۔ لیکن دُرگا شوٹ کرنے کی فارسی نہیں جانتی ہے۔ وہ تو بس اُس تعویذ کو جانتی ہے جسے گلے میں لٹکائے وہ پچھلے نو برس سے مکھن لال کا انتظار کر رہی ہے۔ اُس نے اُس کے ایک پتلے سے دھاگے کا سرا پکڑا ہے۔ اور اُسے یقین ہے کہ یہ دھاگا کبھی نہیں ٹوٹے گا۔ کبھی نہیں ٹوٹے گا۔ (جاہل لڑکی!) اب یہ الگ بات ہے کہ درگا اِس دھاگے کو پکڑے پکڑے خود دھاگا بن گئی ہے۔ اور ایک ہوا کے جھونکے کی منتظر ہے کہ جس سے یہ دھاگا ٹوٹ کر تار تار ہو جائے۔ (ایک انقلاب آ جائے) درگا اگر ایسا ہی کر رہی ہے تو اس میں کسی مرد یا کسی عورت کو دلچسپی لینے کی ضرورت نہیں۔ کیونکہ دُرگا نہ تو مرد ہے اور نہ عورت ہی! وہ تو صرف ایک اِستری ہے جسے اُس کے پتی نے قبول کرنے سے انکار کیا ہے۔

وہ جو ابھی کچھ دیر پہلے یعنی سورج غروب ہونے کے وقت اُس کچّی پکّی اینٹوں کے بنے ہوئے مکان کی کھڑکی بند ہو گئی ہے، اُس کھڑکی کے پیچھے اگر کوئی بے چین ہے۔ کوئی پہلو بدل رہا ہے۔ کوئی پارے کی طرح تڑپ رہا ہے کوئی چنگاری کی طرح سُلگ رہا ہے تو آپ بالکل خیال نہ کیجئے۔ کیونکہ اُس کھڑکی کے پیچھے بات ہی ایسی ہو گئی ہے۔ وہاں ملزم سے یہ کہا گیا ہے کہ وہ اپنے اُلجھے ہوئے مقدمے کا فیصلہ خود کرے۔

یہ کیسا فیصلہ ہے؟

یہ کیسا انصاف ہے؟

یہ کیسی عدالت ہے؟

سب سانس روکے منتظر ہیں۔ پنڈت مدھو سودن بھی، جانکی دیوی بھی، دُرگا کا ماموں بھی، درگا کا بھائی بھی۔ کوئی پتہ نہیں ہل رہا۔ کوئی آواز نہیں آ رہی۔ سب منتظر ہیں۔ در و دیوار تک!

دُور کوئی پرندہ خواب میں بڑبڑائے گا تو درگا کو کسی یاد کے بھنور میں ڈال دیگا۔

پرندو! تم خاموش ہو جاؤ۔

ہواؤ! تم دم روک لو۔

آج ایک ملزم کو خود اپنے مقدمے کا فیصلہ مرتب کرنے دو!

نو سال کی طویل مدت مہینوں میں پھیل رہی ہے۔ اب گھنٹوں میں بدل رہی ہے۔ اب لمحوں میں بکھر رہی ہے۔ اور ایک ایک لمحہ درگا کے ذہن پر ایک ایک کنکر مارنے لگا ہے بے رونق آنکھوں سے آنسوؤں کا ایک ایک قطرہ بہہ رہا ہے! بے رنگ پیشانی سے پسینے کی ایک ایک بوند ٹپک رہی ہے۔ بے ترتیب بالوں کی جڑیں ایک ایک کر کے کانپ رہی ہیں۔ اُمید کے دھاگے کو کوئی طاقت کھینچ رہی ہے۔ اُس کا ایک ایک انچ ہاتھوں سے سرک رہا ہے۔

میرے مالک! یہ کیسا عذاب ہے؟

"آپ کتنی خوبصورت ہیں"

شہد کا ایک قطرہ کانوں میں رِس رہا ہے۔

"اُس تیج کا منہ نوچنے کو جی چاہتا ہے" نہیں یہ مدھوسودن کی آواز نہیں ہو سکتی۔ اُس کی آنکھوں سے تو درگا کو وداع کرتے وقت آبشار بہہ نکلے تھے۔

"چنڈال کے جوتے مارنے کو جی چاہتا ہے!

"شی! آہستہ بولو ماں! شہد کو ٹپکنے دو!"

"کیسے آہستہ بولوں بیٹی! تمہارا پتی تمہیں ٹھکرا کر دوسرا بیاہ رچا رہا ہے آہستہ کیسے بولوں۔ یہ جو ننگی چھاتی پر انگارہ دہک رہا ہے۔ تو کیا کراہوں بھی نہیں؟"

"آپ نے شادی کے موضوع پر کون سی کتاب پڑھی ہے؟"

"یہ کس سے کہہ رہے ہو پریتم؟ مجھ سے یا اپنی ہونے والی دوسری پتنی سے؟ میں آپ کو ضرور اِس سوال کا جواب دیتی۔ لیکن آپ نے ایک ہی رات میں اپنی رائے قائم کی اور چلے گئے۔ اُس وقت نہ جانے یہ رائے کہاں تھی جب ایک برات لے کر میری دہلیز تک آئے تھے۔ مگر نو سال کی خاموشی کو زبان کون دے سکتا ہے۔

پرندو! تم بھی نہیں چہچہاتے۔

ہواؤ! تم سانس کیوں نہیں لیتیں؟
کہیں تم بھی نو سال سے بے ہوش تو نہیں ہو؟
میرے مالک! اِس انتظار کے پر کاٹ دو!
اِس اُمید کی چھاتی کھول دو۔

تاکہ یہ شیشہ باہر اُچھل کر چوُر چوُر ہو جائے۔ اب اِس شیشے کی ضرورت نہیں، کوئی حاجت نہیں ہے اب اِس دھاگے کی۔ کاٹ دو دھاگے کو، ڈور تے دو پتنگ کو فضا میں۔ آسمان کی لامحدود وسعتوں میں بھٹکنے دو۔ تاکہ بعد میں کوئی دم گھٹنے کا ذکر نہ کرے۔ کوئی چنگاری کی طرح سُلگنے کی بات نہ کرے، کوئی کھڑکیاں کھولنے کی آرزو نہ کرے۔

"دُرگا! تم بولو! فیصلہ دو۔ آج کسی کی دُنیا تمہاری چھوٹی اُنگلی سے لٹک رہی ہے۔ ہلاؤ اُنگلی کو تاکہ ایک کائنات نیچے گر کر ریزہ ریزہ ہو جائے۔ ایک مرکزی سرکار کا ملازم ایک پتنی کے ہوتے ہوئے دوسری شادی نہیں کر سکتا۔ ورنہ نوکری سے ہاتھ دھو بیٹھے گا۔ دنیا جہان میں رُسوا ہو جائے گا۔ صرف اِس درخواست پر دستخط کر دو۔"

"پتا جی آپ کیا کہہ رہے ہیں۔ آج نو سال کے بعد آپ نے کس قانون کو کھنگالا ہے؟"

"ہلاؤ اپنی چھوٹی اُنگلی دُرگا! گراؤ کسی کی کائنات کو فرش پر۔ نو سال کی اذیت کو یاد کرو۔ آج، ابھی، اسی وقت ـــــ یہ لمحہ تمہارا ہے۔ اِس لمحے کو دانتوں سے اُٹھاؤ۔ پکڑو قینچی ہاتھ میں اور کتر لو پر اپنے اُس پنچھی کے۔ اب وہ کبھی نہیں آئے گا۔ اب وہ کبھی نہیں آئے گا۔ کر دو دستخط اِس درخواست پر!"

بے رونق آنکھوں سے آنسوؤں کا ایک قطرہ بہہ رہا ہے۔ بے رنگ پیشانی سے پسینے کی ایک بوُند رِس رہی ہے۔

"آپ نے محبّت کے بارے میں کبھی سوچا ہے؟"
"نہیں ـــ!"
"نہیں ـــ!! نہیں ـــ!!!"

دُرگا چیخ رہی ہے۔

وہ جو ایک پرندہ اپنی چونچ سے اپنے ساتھی کے پَر سنوار رہا ہے۔

وہ جو ایک مُرغی سفید نیم گرم انڈوں پر بیٹھی پیاس کی شدت سے زبان نکال رہی ہے۔

وہ جو ایک کوّا سفیدے کی پھنگ پر اپنا گھونسلا بنا رہا ہے۔

وہ جو اُس بالکنی پر کھڑے کوئی عورت اپنے ننھے مُنّے بچّے کے لئے سویٹر بُن رہی ہے۔

یہ سب کیا ہے؟

یہ دھاگا جو آنکھوں کے سامنے لٹک رہا ہے، یہ کیوں نہیں کٹتا۔ پتلا سا، مہین سا دھاگا، قینچی کے صرف ایک لمس کا منتظر۔

کاٹ دو اِس دھاگے کو دُرگا، اُسے تمہاری کوئی ضرورت نہیں۔ گرا دو اِس گیند کو فرش پر، تاکہ وہ لُڑھکتے لُڑھکتے کہیں دُور جا گرے۔ ساری کائنات سانس روکے کھڑی ہے۔ ساری رات کھڑکی کے باہر رُک گئی ہے۔ سارا عالم بے خود ہو کر انتظار کر رہا ہے۔

اپنی محرومیوں کو زبان دو!

اپنی بے بسی کو تیزاب بنا کر پھینک دو کسی کے چہرے پر۔ اپنے ارمانوں کو بموں کی طرح ہوا میں اُچھال دو۔ ا

"نہیں ـــــ!"

"یہ کیسا انصاف ہے؟"

"مجھے یہ انصاف ہرگز نہیں چاہیئے۔ مجھے آگ میں جھونک دو، مجھے سمندر میں پھینک دو۔ مجھے اندھے کنوئیں میں اُتار دو۔ لیکن بھگوان کے لئے مجھ سے اِس درخواست پر دستخط نہ کراؤ۔ میں اپنے پتی کے خلاف ایک لفظ بھی نہیں لکھ سکتی۔

میں دستخط نہیں کروں گی ـــــ

نہیں کروں گی ـــــ

نہیں کروں گی ـــــ"

"کوئی کھڑکیاں کھول دو" جانکی دیوی رو رو کر چیخ رہی ہے۔

ہاں کھڑکیاں کھول دو، کتنا حبس ہے۔ اندر انصاف کا ترازو ڈانواں ڈول ہو چکا ہے۔ ایک اَن پڑھ جاہل، بیک ورڈ، غیر تہذیب یافتہ لڑکی نے ایک غیر قانونی فیصلہ دیا ہے۔ باہر فضا گہری سانسیں لے رہی ہے۔ کل صبح پھر سورج چمکے گا۔ کل شام کو پھر سورج ڈوب جائے گا۔ اور دور، ان پہاڑی سلسلوں کے اُس پار ایک پڑھا لکھا، تہذیب یافتہ اور روشن خیال مکھن لال اپنی دوسری بیوی کا گھونگھٹ اُٹھائے گا!

★★

منتخب افسانوں کا ایک اور مجموعہ

کانچ کی دنیا

مصنف : پشکر ناتھ

بین الاقوامی ایڈیشن جلد منظر عام پر آرہا ہے